La vérité sur le sexe après bébé

Direction de la publication : Isabelle Jeuge-Maynart et Ghislaine Stora
Direction éditoriale : Élodie Bourdon
Édition : Mélissa Lagrange
Conception de la couverture : Frédéric Manlay et Marion Alfano
Conception de la maquette intérieure et mise en pages : Nord Compo
Préparation de copie : David Lerozier
Relecture : Nord Compo
Fabrication : Nicolas Jover

ISBN : 978-2-03-600030-8

Caroline Le Roux

La vérité sur le sexe après bébé

LAROUSSE

Sommaire

Introduction

L'arrivée d'un bébé est une chose merveilleuse pour un couple, et pourtant elle provoque dans le même temps un véritable tsunami ! Nous avons toutes pu le constater : la naissance de ce petit être entraîne des modifications et des répercussions insoupçonnées jusque-là. Mon expérience de sage-femme hospitalière me l'a montré tous les jours : après le bonheur de la rencontre arrive très rapidement une phase de redescente émotionnelle, comme si on comprenait alors que notre vie entière allait être désormais chamboulée.

Ce bouleversement est une des raisons pour lesquelles j'ai voulu reprendre mes études et devenir psychologue clinicienne et sexologue. Pour mieux comprendre ce qui se passe en nous et ainsi aider autrement mes patientes et leur conjoint.

Les modifications qu'entraîne le passage de couple à parents sont multiples, tout est chamboulé, bouleversé, et le couple va devoir passer cette étape de transition souvent seul, malgré les informations données, cherchées ou trouvées. À l'heure d'Internet et des réseaux sociaux, les réponses semblent aisément disponibles, on déborde de posts sur comment et pourquoi, les experts se multiplient et l'influence fait le reste. Pour autant, beaucoup de bêtises sont aussi propulsées sur la Toile, sans mesurer les répercussions qu'elles peuvent avoir. C'est d'autant plus vrai pour la sexualité, qui reste encore une éternelle préoccupation, secrète, parfois taboue, surtout après une naissance, et ô combien sujette à des discours contradictoires, voire erronés.

Beaucoup de choses sont écrites sur le fonctionnement du couple, la grossesse et son vécu, l'accouchement, le post-partum et les soins du bébé… Mais combien d'articles qualitatifs sur la reprise de la sexualité après l'accouchement ? Brefs, superficiels, voire caricaturaux et culpabilisants, ils abordent rarement l'ensemble des aspects à prendre en compte pour comprendre les remaniements du post-partum, et les dysfonctionnements qu'ils peuvent entraîner dans notre intimité. Ainsi, beaucoup d'idées reçues circulent et sont prises comme des vérités, à l'instar des transmissions intra- ou intergénérationnelles.

Les femmes ont de nombreuses questions sur leur sexualité, elles n'osent souvent pas en parler à un professionnel, surtout après une naissance où, quelque part, la sexualité pourrait passer au second plan : socialement, la mère prévaut sur la femme, vieille croyance de la tradition patriarcale… Or, ces questions sont légitimes et se doivent d'être posées. Il y va de l'avenir du couple et aussi de l'épanouissement personnel : mieux nous nous connaissons, mieux nous vivons ce qui nous arrive avec sérénité.

Je ne compte plus le nombre de jeunes mamans qui viennent me voir complètement déstabilisées par le changement de leur vie sexuelle après l'accouchement... Le poids des croyances est tellement fort, les informations cherchées tellement contradictoires, qu'elles veulent avoir des réponses claires et concrètes sur ce qu'elles vivent. Mon expérience professionnelle me permet maintenant d'affirmer qu'il est indispensable pour les couples d'avoir des explications précises et détaillées, et que les tabous se doivent d'être enfin levés !

Ce livre a été écrit dans ce but : il tente d'apporter un maximum de connaissances et de réponses aux questions des futures et jeunes mamans. Même si chacune est unique, il existe des constantes dans le cheminement parental, et dans la sexualité en particulier. Bien la comprendre avant et pendant la grossesse est fondamental pour mieux l'appréhender après l'accouchement. Et parce que la sexualité n'est pas une longue théorie, je vous accompagnerai tout au long de ce livre grâce à des conseils et des exercices pratiques, afin de vivre une belle sexualité, certes différente, mais tout aussi épanouissante !

Partie 1

Le sexe avant bébé, c'était comment déjà ?

Quand une femme est enceinte ou vient d'accoucher, la période de l'« avant » semble bien loin… Mais où sont passés tous ces moments à deux, ces jeux de séduction, ces heures lovés sous la couette, ces grasses matinées, ces dimanches à ne rien faire ? Il n'y avait pas tous ces problèmes de fatigue accumulée, de tensions dans le couple, de mauvaise communication… Ou en tout cas pas autant, ça c'est sûr !

Le vieil adage « C'était mieux avant… » (pour le sexe aussi !) prend tout son sens.

Mais réfléchissez-y vraiment… Votre vie sexuelle était-elle réellement épanouie avant, ou l'avez-vous idéalisée ? Cette question est difficile dans notre société hypersexualisée. Comment savoir ? Finalement, est-ce qu'on n'en revient pas à se calibrer (donc à se juger et par conséquent à se culpabiliser) selon une norme étriquée et imposée ?

Aborder votre sexualité en général permettra de faire le point sur votre potentiel sexuel d'« avant » et un état des lieux sereinement, pour bien vous comprendre et ainsi mieux appréhender les changements de l'« après »-naissance.

Petit abécédaire du plaisir

« Sexualité », de quoi parlez-vous vraiment ?

Le terme « sexualité » est employé à tort et à travers sans que l'on sache vraiment de quoi il s'agit, tant il englobe une multitude de concepts et de pratiques. Prenons un exemple avec l'expression « avoir un rapport sexuel » : l'inconscient collectif et la coutume vont la définir comme synonyme de coït (pénétration vaginale) avec tout ce qui l'entoure (préliminaires), par pudeur de langage. Or, elle n'a pas la même signification pour nous, sexologues. Quand les couples me disent qu'ils ont deux rapports sexuels par semaine, ils sont souvent surpris que je rentre dans les détails de ce fameux « rapport » : que font-ils vraiment ? C'est à partir de là que la parole se libère et que nous pouvons nous intéresser à ce qui se passe réellement dans leur intimité.

Il existe en effet une différence fondamentale entre la « sexualité » et la « fonction érotique ». La « sexualité » implique l'acte de procréation ; elle est commune à toutes les espèces animales : pour les mammifères que nous sommes, c'est une nécessité pour perpétuer l'espèce. Le tour est joué avec une pénétration vaginale et une fécondation ! Voilà pourquoi la sexualité est associée au « rapport sexuel », synonyme de coït.

Mais nous, humains, lui avons donné un autre sens en dépassant cette finalité de procréation : nous avons associé le plaisir à notre fonctionnement biologique. Et ce sont les différentes formes que peut prendre ce plaisir qui définissent la « fonction érotique », caractérisée par le langage amoureux du couple : la tendresse, les caresses, les intentions, la séduction, la complicité, les pulsions… Par conséquent, chacun a sa propre fonction érotique, bien distincte de sa sexualité. Et il n'est pas inutile de rappeler encore et encore que l'intimité amoureuse ne passe pas forcément par des pénétrations vaginales !

Le coït n'est pas l'emblème du langage amoureux.

D'autres voix existent, non génitales : c'est en cela que la fonction érotique prend toute son importance.

Vous l'aurez donc compris, la fonction érotique est indispensable pour un bon épanouissement sexuel puisque c'est elle qui sublime notre sexualité animale, uniquement basée sur la procréation. En intégrant cette notion fondamentale de plaisir, vous pourrez maintenant penser le rapport sexuel autrement : « En quoi ma fonction érotique le rend encore plus épanouissant ? Comment mettre en place d'autres comportements, sexuels ou non, pour augmenter mon plaisir ? »

Définissons donc, ici, le terme « rapport sexuel » comme un acte où il y a contact sexuel sur la zone génitale sans nécessairement de pénétration. Finissons-en avec la norme et la coutume qui le voient comme un préliminaire à la pénétration (vaginale ou anale) avec, en finalité, un orgasme.

Oui, les préliminaires sont pour nous, sexologues, des rapports sexuels !

De même qu'une pénétration : les idées reçues doivent être chamboulées, les angoisses levées et les culpabilités abolies, notamment pour certains couples où la femme est atteinte de vaginisme (impossibilité à être pénétrée) et où l'homme est touché par des troubles de l'érection. Ces couples sont souvent très étonnés quand je leur dis qu'ils ont quand même des rapports sexuels malgré leur trouble ! Je mets systématiquement en avant la notion de plaisir, car c'est finalement de cela qu'il s'agit vraiment.

Seul ou à deux, le plaisir reste encore un grand tabou…

Faites le point

- Suis-je à l'aise avec les préliminaires : y en a-t-il certains qui me gênent et pourquoi ?
- Suis-je plus centrée sur mon plaisir ou celui de mon partenaire ?
- Est-ce que je me force souvent par manque d'envie ?
- Une fois les préliminaires commencés, est-ce que je suis vraiment « dedans » ou je me laisse faire en attendant que le plaisir augmente ?
- Qu'est-ce qui me procure le plus de plaisir : les caresses avec les doigts, la bouche, les frottements…
- Ai-je l'impression que mon partenaire s'y prend bien avec moi, qu'il connaît ce qui me plaît ?

- Est-ce qu'il m'arrive de le guider ou de lui faire comprendre qu'il faut changer de pratique ou de position ?
- Est-ce que je prends parfois des initiatives pour faire monter mon plaisir ?

Le plaisir, parlons-en justement !

Il est intimement lié à l'excitation, elle-même liée au désir. De manière schématique et concise, une sensation provenant d'un de nos cinq sens est anonyme (non signifiante) avant d'être traitée par notre cerveau. Il en fera parfois une sensation érotique qui provoquera une excitation, en fonction de notre mémoire affective et du souvenir agréable qu'elle éveille. Mais cette transformation ne se fait pas de manière spontanée : elle est conditionnée non seulement par nos souvenirs, mais aussi par une décision motivée.

Ainsi, certains blocages peuvent s'expliquer quant au manque de désir ou d'excitation : une faible connaissance de son propre corps peut provoquer une baisse de sensations agréables emmagasinées, des traumatismes psychologiques et sexuels peuvent aussi entraver la transformation ou la disponibilité à se laisser aller au plaisir, de même qu'une mauvaise image de son corps, des transmissions familiales culpabilisantes… Tous ces exemples confirment une évidence : si l'accès à nos cinq sens est perturbé, si notre façon de les employer est entravée, il devient alors plus difficile de parvenir au désir, à l'excitation et par conséquent au plaisir sexuel.

Développez vos cinq sens

Pour comprendre comment le plaisir est intimement lié à vos sens et à votre histoire, je vous propose ces quelques exercices. Pour commencer, pensez à chacun de vos cinq sens et posez-vous la question suivante : « Qu'est-ce qui est agréable pour moi, qu'est-ce qui ne l'est pas, et pourquoi ? » Par exemple, pour le toucher : si vous n'êtes pas tactile, est ce dû à votre passé (des parents peu tactiles, peu de câlins étant petite...) ou n'aimez-vous simplement pas que l'on vous touche ? Faites de même pour les quatre autres sens : une odeur, un goût, une musique, une image... Qu'est-ce qui vous provoque un état de bien-être, et pourquoi ?
En identifiant cette mémoire sensorielle positive, renforcez-la en y pensant, mais aussi en la mettant en pratique chaque jour. Je m'explique : votre plaisir va passer par l'écoute de musiques que vous aimez, par vos films préférés, des odeurs (bougies parfumées, cosmétiques ou parfums...), des plats que vous affectionnez et, enfin, une sensation agréable au toucher (prendre soin de son corps en se mettant de la crème, en se massant...). Le plus difficile à mettre en place est justement le toucher. Ne vous inquiétez pas ! Allez-y progressivement si vous n'êtes pas tactile : pour cela, commencez seule et cherchez des sensations agréables (par exemple, dans le bain avec l'eau sur vous, prenez le temps pour vous passer de la crème sur votre corps et centrez-vous sur cette sensation...).

Idées reçues

Vrai ou faux ? Un rapport sexuel, c'est quand il y a pénétration.

Faux : ne pas avoir de pénétration ne signifie pas ne pas avoir de sexualité et donc de rapport sexuel !

Vrai ou faux ? Les hommes n'ont pas besoin de préliminaires, ils sont toujours prêts.

Faux : même s'ils sont souvent prêts avant les femmes, ils en ont aussi besoin pour faire monter leur excitation et partager les sensations érotiques.

Vrai ou faux ? Les femmes ayant eu un traumatisme psychologique ou sexuel n'auront jamais de plaisir.

Faux : tout est rattrapable, il faut demander de l'aide à un professionnel pour surmonter ce traumatisme et accéder à une sexualité épanouissante.

Vrai ou faux ? Orgasme = sexualité épanouie.

Faux : bien sûr qu'il y contribue, mais le plaisir érotique est tout aussi essentiel puisque c'est lui qui doit être présent du début à la fin de l'acte sexuel.

Vrai ou faux ? Plaisir = orgasme.

Faux : l'orgasme est le point culminant du plaisir. Les femmes les confondent souvent quand elles n'ont pas encore eu d'orgasme. Le plaisir doit toujours être présent lors d'un rapport sexuel alors que l'orgasme n'y est pas toujours.

Conseils : en parler à un professionnel

Si, malgré ces explications et les exercices sur vos sens, vous rencontrez encore des difficultés et/ou questionnements sur la notion de sexualité, il ne faut pas hésiter à en parler à un sexologue. Il saura vous rassurer et vous apporter des solutions adaptées à votre couple.

Êtes-vous abonnée aux préliminaires ?

Depuis John Gray, auteur de *Les hommes viennent de Mars, les femmes viennent de Vénus*, nous savons tous que nous venons de planètes bien distinctes… Et la sexualité n'y fait pas exception ! Elle est vécue différemment, mais les explications données peuvent parfois être contradictoires. De manière générale, une grande incompréhension entre les deux sexes réside dans l'accomplissement de l'acte sexuel. Les femmes pensent que les hommes n'ont que cela en tête, et eux pensent justement qu'elles ne l'ont pas suffisamment !

Face à ce malentendu, la psychologie nous aide à mieux comprendre ce qui se joue intimement. Les femmes ont besoin d'actes d'amour pour accéder à l'acte sexuel : attentions et émotions leur permettent de sentir que leur partenaire est apte à leur apporter autre chose que du sexe. Pour les hommes, c'est un peu différent : l'acte sexuel est vécu comme une consécration de l'amour, ils n'ont donc pas forcément besoin de démonstrations d'attention. Ils trouvent dans le sexe un moyen de prouver leur amour.

Nous voyons donc le hic… qui génère de potentielles tensions, voire des conflits. Pour les diminuer, chacun doit faire des efforts dans la compréhension de l'autre.

Ces différences se retrouvent aussi dans l'expérience de l'orgasme, point culminant du plaisir sexuel et de l'apaisement qu'il procure. S'il est quasiment systématique chez les hommes (nous le verrons au niveau physiologique), son obtention est bien plus aléatoire chez les femmes. Plus « cérébrales », elles ont besoin de conditions particulières pour l'obtenir et celles-ci n'ont pas forcément un lien avec le rapport sexuel !

Quelques explications s'imposent.

Bien évidemment, l'orgasme est intimement lié à l'excitation que procure l'acte sexuel : la nature des préliminaires, le partage sensoriel, les positions et pratiques que l'on préfère… mais pas seulement. Il est aussi conditionné par l'état d'esprit de la femme, c'est-à-dire sa disponibilité à obtenir du plaisir, très dépendant d'un comportement spécifiquement féminin : la force qu'elle a à ne pas se laisser aller au plaisir, comme une sorte de punition qu'elle s'inflige elle-même. La notion d'apaisement qui suit un orgasme est alors occultée par des pensées négatives dues, par exemple, à une mauvaise journée. Or, les hommes ne fonctionnent pas de cette manière : ils ont intégré très jeunes cette notion, par l'expérience de la masturbation et de son pouvoir relaxant. Sur ce point, l'homme peut aujourd'hui guider la femme, après lui avoir imposé des doctrines patriarcales particulièrement perverses : une vraie voie de réconciliation ! Nous verrons plus loin *(voir p. 37)* des techniques variées pour rivaliser de plaisir avec les hommes et leur offrir aussi d'expérimenter le plaisir autrement.

Bon... mais pourquoi l'orgasme est-il si capricieux chez la femme quand il est au rendez-vous quasi systématiquement chez l'homme ?

La nécessité de la reproduction vient mettre son grain de sel, la nature étant bien faite de ce côté-là ! Chaque mouvement de va-et-vient provoque un plaisir intense chez les hommes dont la finalité est de déposer les spermatozoïdes au fond du vagin pour une éventuelle fécondation. L'éjaculation est ainsi accompagnée de l'orgasme pour quelque part ne pas oublier cet acte fondamental de procréation. Or, pour les femmes, la simple dépose des spermatozoïdes peut suffire à être fécondées, inutile alors pour la nature de rajouter cette chose si précieuse qu'est l'orgasme.

Selon ce point de vue biologique, nous comprenons mieux qu'il est plus difficile à obtenir pour les femmes puisqu'il n'est pas *inné*, il doit donc *s'apprendre*.

Cette divergence est sûrement à l'origine de la représentation de la masturbation dans l'inconscient collectif : fréquente chez les hommes, elle est admise socialement dans la mesure où elle relève d'un besoin *biologique*. Là où elle relève uniquement du *plaisir* chez la femme. Tabou quand tu nous tiens ! Heureusement, cette croyance tend à s'estomper, car de plus en plus de femmes assument leur masturbation, et de ce fait connaissent mieux leur corps. La voie vers l'orgasme est toute tracée ! Car pour y accéder à deux, le rôle des préliminaires est primordial, et nous allons voir pourquoi les femmes sont si différentes des hommes sur ce point.

Les préliminaires constituent les prémices obligatoires de l'acte sexuel avec pénétration. Ce sont eux qui permettent aux sexes de se modifier et ainsi d'être prêts. L'excitation des préliminaires va donner une érection par l'afflux de sang dans le pénis qui peut être très rapide. Chez les femmes, les modifications du vagin (ouverture et augmentation de taille) et la lubrification prennent davantage de temps. Plus que le pénis, le vagin a besoin des préliminaires afin d'être pénétré sans douleur ou gêne. Voilà donc l'autre grande différence : les hommes étant prêts beaucoup plus tôt que les femmes.

De là à « bâcler » les préliminaires, souvent par ignorance, il n'y a qu'un pas…

Le remède ? Une communication constante où la femme guide à son tour son partenaire vers sa géographie érotique propre ; pour cela, une femme doit connaître son corps, savoir trouver seule son plaisir, pour ensuite montrer le chemin…

Évaluez la qualité de vos préliminaires

Ont-ils de l'importance ou est-ce une perte de temps ? Gardez à l'esprit qu'ils sont primordiaux pour accéder au plaisir : de ce fait, si ce n'est pas le cas pour vous, c'est juste que vous n'avez pas encore trouvé la ou les clés ! Pas de panique, car rien n'est figé, on peut à n'importe quel âge s'explorer pour connaître nos zones érogènes, seule ou à deux. Pour cela, il faut avant tout intégrer l'intérêt des caresses. Ensuite, quand vous vous sentez détendue, explorez votre corps en entier pour identifier des zones qui vous semblent excitantes. Ce sera alors à vous de guider votre partenaire vers elles lors des préliminaires, afin de savoir si elles réagissent. Ne le prenez pas comme un exercice, mais plutôt comme une découverte mutuelle. Les caresses de votre partenaire ne vous font rien ? Ce n'est ni sa faute ni la vôtre ! Il s'agit là encore d'une méconnaissance du corps et pour cela, rien de tel que de s'amuser pour trouver des solutions. Imaginez d'autres positions, d'autres pratiques (frottements, stimulation du clitoris avec un sextoy, par exemple...), communiquez verbalement ou corporellement. Cherchez à deux le chemin de votre plaisir.

Vos préliminaires sont toujours les mêmes ? Alors, certes, ils marchent bien, mais vous aimeriez en changer parfois, et n'osez pas en parler par pudeur ou gêne. Pas de souci ! Il vous suffit de prendre l'initiative du changement au niveau corporel : proposez autre chose sans peur, car, souvent, les hommes n'osent pas et attendent que ce soit leur partenaire qui fasse le premier pas du changement.

Conseils : les préliminaires en tête !

S'il y a bien une chose à retenir et à appliquer, ce sont les préliminaires !

Non seulement ils permettent un partage sensoriel érotique, mais ils préparent les corps à l'acte sexuel pour qu'il se déroule dans les meilleures conditions. Par conséquent, ils sont à prescrire sans modération ! Mais attention, ils doivent vous correspondre, car malheureusement, je vois trop souvent des femmes qui prennent comme norme les films pornos, essayant à tout prix de reproduire ce qu'elles ont vu et ce qu'elles pensent être excitant pour leur partenaire. Or, elles sont déçues de ces pratiques puisque, finalement, elles ont oublié que le plaisir doit être partagé…

Alors, comment faire pour avoir des préliminaires qui nous ressemblent ?

Eh bien, la première chose est de ne pas avoir d'idées préconçues : il n'existe pas de manuel puisque nous sommes toutes différentes. Pour bien commencer, il me semble essentiel que vous vous centriez sur le côté sensuel avant le sexuel. Je m'explique : les baisers, les caresses sur le corps, le déshabillage mutuel, les mots doux… Tout cela contribue à faire monter votre désir et celui de votre partenaire. Prenez votre temps avant de caresser les zones sexuelles que sont les seins, le clitoris, le vagin et le pénis. Une fois que vous vous sentez prête à aller plus loin, guidez votre partenaire afin de lui montrer comment il doit procéder, à votre rythme. Il n'en sera que plus excité que vous preniez les rênes !

Libido un jour, libido toujours ?

La libido… Un bien grand mot pour des maux toujours plus grands. Pour Freud, la libido est l'énergie de la pulsion sexuelle, qui est constante, car c'est une pulsion ou une énergie de vie. Mais de manière courante, la libido est synonyme de désir, d'envie sexuelle. En dehors des pulsions sexuelles, c'est-à-dire une envie irrépressible de sexe, la libido est sujette à des aléas plus ou moins rationnels et compréhensifs. Rien à voir du coup avec une énergie constante…

Alors, on se met tous à courir après, à lui appliquer un programme de maintien en forme. Il faut qu'elle soit au top, cette libido, car elle constitue dans notre société le Graal de la femme libérée et de l'homme pleinement viril…

Hélas, libido rime trop souvent avec angoisse de ne pas y arriver : face à ces injonctions de performance, on passe souvent à côté de l'essentiel. Et là encore, les différences et les incompréhensions hommes/femmes ne manquent pas !

Les hormones jouent un rôle non négligeable : on a notamment découvert que certaines d'entre elles influençaient le désir sexuel. Pour les femmes, il s'agit des œstrogènes et de la progestérone : les œstrogènes l'augmentent alors que la progestérone le diminue. Celles qui ne prennent pas de contraception reconnaissent ce changement au cours de leur cycle : leur désir est comme « boosté » au moment de l'ovulation induite par un pic d'œstrogènes, et diminue lors de la seconde phase du cycle, car la progestérone est beaucoup plus présente. Pour les hommes, c'est la testostérone qui influence la libido, et comme son taux varie peu (ils n'ont pas de cycle hormonal), ils sont plus sujets à avoir des envies sexuelles régulières. Dame Nature a encore frappé ! Mais il serait quand même très réducteur de lier cette différence de libido à ce seul facteur…

Heureusement, notre cerveau nous aide à contrebalancer le rôle des hormones.

Eh oui, le cerveau est le premier organe du désir !

C'est notre psychisme qui influence directement notre libido ! Elle est avant tout un état psychique se manifestant par l'*envie* d'avoir un rapport sexuel. Par conséquent, pour les deux sexes, plusieurs causes psychologiques ou situations peuvent diminuer la libido : les plus fréquentes étant l'anxiété (ou stress), la dépression, la fatigue, l'usure du couple et ses mésententes, et enfin les menstruations.

La survenue des règles signe souvent un arrêt des rapports sexuels de part et d'autre, que les causes soient pragmatiques (douleurs, peur de mettre du sang partout, certains préliminaires plus difficiles à réaliser, comme le cunnilingus) ou psychologiques (peur ou dégoût du sang, gêne vis-à-vis de celui-ci). Même s'il n'existe aucune contre-indication aux rapports sexuels pendant les règles, seuls les couples décident ou non d'en avoir.

Très bien… Nous avons déjà débroussaillé une partie des causes de baisse de libido, mais je me doute que ça ne répond pas à toutes vos questions. Car nous, les femmes, avons un psychisme bien particulier… qui va nous mettre des bâtons dans les roues et nous empêcher d'accéder simplement à l'envie. Une disposition que les hommes ne comprennent que difficilement, eux dont le fonctionnement est radicalement opposé ! Je veux parler d'une chose subtile et typiquement féminine : l'état d'esprit au moment du rapport sexuel ou au moment de sa demande.

Voici un exemple concret pour mieux comprendre, car nous l'avons toutes vécu ! Si une femme a passé une mauvaise journée (dispute avec une amie, difficultés avec les enfants, contrariétés au travail, sensation d'avoir perdu sa journée...), il est fort probable qu'elle n'ait aucune envie de sexe le soir. Tout se passe comme si cette journée ne pouvait pas être oubliée au moment d'un éventuel rapprochement sexuel : elle va prendre tout le champ du psychisme et entraver l'accès au désir. Je dirais même plus, elle peut même être désagréable avec son conjoint alors qu'il n'y est pour rien ! Les hommes ne réagissent pas souvent de la sorte, ce qui ne veut pas dire qu'ils ont toujours envie, mais seulement qu'ils savent que le rapport sexuel a un potentiel libérateur de tensions et d'apaisement. Vous imaginez donc les conflits que cela peut entraîner...

Mais s'il n'y avait que ça... Eh non !

D'autres éléments peuvent perturber la libido des femmes : ceux qui représentent une charge mentale importante et pour lesquels nous avons des difficultés à faire la part des choses. Nous sommes les reines pour cela ! En effet, avec de plus en plus de femmes actives, nombreuses sont celles qui se retrouvent épuisées à la fin de la journée : le travail, les enfants, les tâches ménagères, les courses, la vie sociale et familiale... Même quand le partenaire aide, les femmes sont sous tension et manquent de temps pour tout faire. La charge mentale pesant sur leurs épaules s'alourdit rapidement et la fatigue aidant, tout va se passer comme si le cerveau se mettait au repos, en mode « pause ». Il ne sera donc plus à même de transformer des sensations anodines en sensations érotiques, diminuant ainsi la sensibilité du corps...

Cas des maladies et des troubles psychiques

Certaines situations diminuent la libido, et ce pour les deux sexes : une maladie (diabète, maladie cardiaque, cancer, douleurs chroniques...), des médicaments (certains psychotropes, les traitements pour la thyroïde...), une opération, une obésité... La liste n'est pas exhaustive, mais montre que des situations médicales ou psychologiques peuvent avoir un retentissement notable sur le psychisme et donc sur la capacité du cerveau à nourrir notre libido.

En parler à votre médecin, à votre gynécologue ou à votre spécialiste en cas de doute, sans tabou ni honte, est primordial pour continuer de nourrir en douceur votre libido, quelle que soit votre situation.

Face à toutes ces constatations, il existe plus d'éléments pouvant diminuer la libido des femmes que celle des hommes, créant ainsi un déséquilibre plus ou moins flagrant et gênant. Voilà pourquoi il est de coutume de dire que la libido des hommes est plus grande que celle des femmes. Mais en comprenant nos différences, il est possible de les atténuer afin de faire mentir cet adage.

Qu'en est-il de votre libido ?

Je vous propose de répondre à ces quelques questions afin que vous fassiez le point sur votre libido, pour essayer de comprendre ce qui peut l'entraver :
– Êtes-vous sous contraception ou avez-vous des problèmes hormonaux ?
– Souffrez-vous d'une maladie chronique ou prenez-vous certains médicaments ?
– Vous sentez-vous fatiguée, stressée ou triste ?
– Avez-vous des soucis dans votre couple ou dans votre travail ?
– Avez-vous l'impression de ne pas avoir le temps de faire toutes les choses que vous avez à faire ?
– Vous mettez-vous la pression quand cela fait longtemps que vous n'avez pas eu de rapport sexuel et que votre compagnon en demande un ?

Idées reçues

Vrai ou faux ? C'est parce que les hommes ont moins de charge mentale qu'ils ont plus de libido.

Faux : ce n'est qu'une des causes, la première étant le fait qu'ils ont mieux compris que les femmes le rôle détendant du rapport sexuel.

Vrai ou faux ? Il n'existe pas de médicaments qui augmentent la libido.

Vrai : pas encore à ce jour !

Vrai ou faux ? Pendant les règles, il ne faut pas avoir de rapports sexuels.

Faux : aucune contre-indication, cela ne provoque pas d'infection ou de douleur.

Vrai ou faux ? La pilule diminue la libido.

Faux : c'est surtout dans notre tête que cela se passe. Si une femme se persuade que la pilule va diminuer sa libido, il y a de fortes chances que cela arrive !

Conseil : un nouvel état d'esprit pour un maximum de plaisir !

Finalement, ce sont essentiellement des différences d'ordre psychologique qui sont en cause dans la baisse de libido, en particulier la gestion du quotidien et de ses contrariétés. Pour accéder au désir, il va falloir non seulement s'inspirer de l'état d'esprit des hommes (qui, eux, ont tout compris !), mais aussi changer sa vision du rapport sexuel. Voici quelques conseils pour y parvenir à votre rythme.

Bien évidemment, il ne s'agit pas de vous « conditionner » dans la journée pour un éventuel rapport le soir ! Cela doit se faire de manière naturelle et progressive, en se rappelant, par exemple, l'état de bien-être qu'il procure : la libération d'endorphines permet de vous sentir moins stressée, de mieux dormir. Mais en plus, le partage avec votre partenaire permet de libérer les tensions accumulées, de vous sentir aimée. Les hommes l'ont compris, c'est pourquoi ils nous sollicitent plus souvent !

Pour nous, c'est différent : il va falloir arrêter de se projeter dans nos tâches à venir afin d'être accessibles au moment voulu. Vivre le moment présent est donc essentiel : cela permet, d'une part, d'être disponible et, d'autre part, d'être réellement dans ce moment de partage sexuel sans le subir. Une des façons d'y accéder est de prendre un moment pour soi, sorte de « bulle d'oxygène » qui permet de décompresser de sa journée pour être pleinement disponible le soir pour un partage à deux (pas forcément sexuel !). Cela peut passer, par exemple, par une bonne douche, par le fait d'enfiler des vêtements douillets, d'appeler une amie… À vous de trouver ce qui vous convient le mieux pour cette soupape de sécurité !

Votre homme aussi doit mettre la main à la pâte ! S'il est attentionné et prévenant, vous vous sentirez soutenue et aimée, apte au partage sensuel pouvant aller jusqu'au partage sexuel. Mais attention, messieurs : soyez délicats, prenez votre temps, car les changements ne viendront pas tout de suite. Pendant sa « bulle d'oxygène », gérez au maximum l'intendance, laissez-la bien décompresser, vous n'en serez que mieux récompensés !

Détenez-vous les clés du plaisir ?

Le plaisir est au centre de la relation sexuelle et pourtant, il reste encore tabou… Sans lui, la relation n'a aucun sens et la libido s'en ressent immédiatement.

En d'autres termes, pourquoi avoir un rapport sexuel s'il ne vous procure pas de plaisir ?

Vous vous repassez peut-être le fil de vos ébats prénataux, peut-être vous demandez-vous si, avant, vous aviez vraiment porté votre attention sur le plaisir, *votre* plaisir, à chaque fois que vous avez fait l'amour… Et cette première introspection passée, peut-être alors que la question du « comment » jaillira et que les réponses ne seront pas aussi évidentes qu'elles y paraissent.

Comment accède-t-on au plaisir en tant que femmes ? Vient-il d'emblée ou y a-t-il des astuces ? Sa quête a toujours été une sorte de Graal. Et c'est vrai qu'on pourrait le voir ainsi tant il peut parfois être difficile à obtenir et à maintenir. Ici encore, le poids des croyances et du patriarcat a fait beaucoup de ravages chez les femmes. Il est temps de bousculer les idées reçues en vous donnant les clés du plaisir… C'est parti !

Tout d'abord, sachez qu'il ne commence pas forcément dès le début de l'activité sexuelle : il se prépare, s'amorce par des jeux de séduction pouvant passer par le regard, la posture, la voix, les situations... Vous l'aurez compris, le sensuel est à l'honneur : le passage par les sens est essentiel pour accéder au plaisir. Vive la fonction érotique ! Elle va érotiser nos sensations pour faire naître le plaisir. Certaines situations y sont très propices. Par exemple : un bon dîner, un massage, une discussion agréable, une promenade en amoureux... Bref, tout partage émotionnel ! À vous de trouver celui qui vous correspond à un moment donné. C'est en quelque sorte le passage obligé pour avoir envie d'un rapprochement sexuel, point culminant du plaisir.

Vous êtes plutôt avec ou sans cerise sur le gâteau ?

Il existe en réalité deux types de plaisir dont l'un dépend de l'autre : le plaisir sexuel en tant que tel, normalement présent du début à la fin, et l'orgasme, la cerise sur le gâteau ! Je dis bien « normalement présent », car il nécessite plusieurs conditions : un état psychique favorable, un partage émotionnel et des préliminaires de qualité. Toutes ces conditions vont créer du désir donnant accès au plaisir. Mais attention ! Elles ne sont pas suffisantes, ce serait trop facile... Rappelez-vous, Dame Nature ne nous a pas biologiquement programmées pour avoir du plaisir et encore moins un orgasme !

Heureusement, nous pouvons la déjouer grâce à la connaissance de notre corps et à son fonctionnement.

Eh oui ! C'est la découverte de notre corps de femme qui est la clé du plaisir, et de l'orgasme en particulier. Pour ce faire, le rôle de la masturbation est essentiel.

Quand la morale s'en mêle

Arrêtons-nous un moment sur cette notion afin encore une fois de chambouler les idées reçues, car même encore de nos jours, les fausses croyances et mauvaises réputations restent ancrées. Le terme même de « masturbation » est impropre et connoté négativement : à l'origine, il veut dire « se souiller la main » ! Pas étonnant alors que la morale s'en soit emparée et que pendant très longtemps cette pratique fût considérée comme honteuse. En tant que sexologue, il me revient de la réhabiliter, sans pour autant vouloir à tout prix vous convertir et faire de la masturbation la dernière injonction en date pour femmes libérées !

En lisant ces quelques lignes toutefois, vous serez convaincues de son utilité ou tout du moins vous en aurez une autre opinion. Pour ne plus diaboliser le terme « masturbation », définissons-le ainsi : il s'agit de toute activité visant à provoquer l'excitation des zones génitales, soit directement par la main, soit indirectement au contact d'un objet appliqué sur le sexe pour le stimuler et obtenir du plaisir.

Rien de mal à cela !

Si vous avez des enfants, vous aurez remarqué que les petits garçons comme les petites filles se touchent les organes génitaux dès leur plus jeune âge. Ils ont bien compris que cette partie de leur corps leur procure du plaisir et recherchent ainsi leurs zones érogènes. Et tant que les adultes ne leur imposent pas de tabou, cette quête de la connaissance de leur anatomie continue !

Alors, pourquoi nous, adultes, et surtout nous, femmes, avons-nous oublié cette pratique ?

Poids des tabous quand tu nous tiens… Chacun d'entre nous, humain, a en réalité bien deux vies sexuelles : une en couple et l'autre seul. Malheureusement pour les femmes, elle ne va pas de soi : non seulement personne ne nous dit *comment* faire, et, pire, notre sexe reste souvent méconnu par peur ou pudeur. De nos jours encore, un grand nombre de femmes n'osent pas se caresser et aller à la rencontre de cette jouissance solitaire.

Pourtant, la masturbation est un acte hautement philosophique : « Je me touche donc je suis. »

Pratique nécessaire à l'apprentissage de votre corps et de votre jouissance, elle ne doit pas être taboue. Libre à vous de la maintenir et de la nourrir tout au long de votre vie, à la fréquence qui vous convient.

Idées reçues

Vrai ou faux ? Le début de la pénétration n'est jamais très agréable.

Faux : si vous attendez d'être suffisamment excitée grâce aux préliminaires, il n'y a aucune raison qu'il y ait une gêne en début de pénétration.

Vrai ou faux ? La masturbation ne concerne que les hommes.

Faux : il s'agit d'une de nos vies sexuelles, elle est même plus importante pour les femmes en ce qui concerne la connaissance de leur corps et de son fonctionnement.

Vrai ou faux ? La masturbation fréquente provoque des risques (stérilité, surdité…).

Faux : même pratiquée de manière excessive, elle n'affecte aucune faculté mentale ou physique.

Vrai ou faux ? Si je n'ai pas d'orgasme, c'est que je n'en aurai jamais.

Faux : à n'importe quel âge il est possible d'obtenir des orgasmes, notamment grâce à la masturbation.

Vrai ou faux ? Les sextoys servent à stimuler et à pimenter la vie sexuelle à deux.

Vrai et faux : on n'en a pas forcément besoin, c'est un choix de couple non indispensable.

Conseils : doucement sur la quête du Graal !

Si l'orgasme est la cerise sur le gâteau, il n'en reste pas moins qu'il ne doit pas devenir un challenge à chaque fois ! Pour y accéder, il faut que le plaisir soit présent : c'est donc lui qui est indispensable pour que la jouissance arrive. Mais attention ! Laissez le temps faire les choses. C'est en pratiquant régulièrement et en se connaissant bien que l'orgasme trouvera son chemin, d'où l'importance des rapprochements intimes et de la masturbation.

Petit guide pratique de masturbation

Les orgasmes clitoridiens sont les plus faciles à obtenir quand on est novice. Après, libre à vous d'adapter ces conseils et de vous amuser autrement !

Reste encore la question de comment s'y prendre ! Même si nous fonctionnons toutes de manière différente, il existe des constantes : il est important d'avoir des conseils précis sous peine d'arrêter l'expérience sous prétexte que vous n'en retirez rien. Et c'est bien dommage, vous passeriez à côté d'un moment exquis…

Beaucoup de choses sont écrites ; pourtant, très peu vous guident réellement sur la façon de procéder. Voici un petit guide pratique pour commencer à vous caresser en toute sérénité et à votre rythme.

Avant toute chose, et c'est ce qui peut vous prendre le plus de temps, vous devez trouver un support d'excitation. C'est grâce à lui que le désir et l'excitation montent, et pour cela, il y a deux règles : il doit être suffisamment long pour durer jusqu'à l'orgasme et il doit surtout vous convenir ! Faites travailler votre imaginaire pour le trouver, il peut être de différentes natures : visuel (films érotiques, par exemple), cérébral (scénario érotique, remémoration de situations excitantes, lectures érotiques). Vous l'aurez compris, amusez-vous en le cherchant et persévérez, car il se peut que vous ne le trouviez pas tout de suite !

Quand vous avez ce support, la règle d'or est d'être seule quand on commence à pratiquer la masturbation (ensuite, si vous le souhaitez, votre partenaire pourra être présent et même interagir avec vous). Seule, cela veut dire aussi que vous ne devez pas être dérangée : pas de téléphone, et prévenez si vous n'habitez pas seule que vous avez besoin d'un petit temps pour vous (prenez un bon prétexte pour ne pas éveiller les soupçons si vous êtes embarrassée). Voici déjà les deux points indispensables pour une masturbation réussie : un support adapté et un endroit calme.

Quand on débute, on est souvent maladroite, et on ne sait pas quoi faire de sa main... Le plus simple est d'avoir un intermédiaire entre sa main et la zone que l'on va stimuler. Je préconise donc un mini-vibromasseur, le sextoy le plus adapté au départ : peu coûteux et très efficace ! N'oubliez pas de mettre du lubrifiant dessus pour éviter des désagréments. Si vous ne souhaitez pas l'utiliser, vous pouvez faire les mêmes exercices avec votre main, ce sera juste un peu plus long.

Soyez à l'écoute de votre corps, laissez-vous aller au gré de vos envies et suivez ces quelques conseils. Mettez-vous dans une position confortable et commencez à utiliser votre support d'excitation jusqu'à ce que vous ressentiez les premiers signes de plaisir. C'est seulement à ce moment-là que vous prendrez le mini-vibromasseur pour stimuler votre clitoris : c'est le moyen le plus efficace et le plus facile pour faire monter l'excitation (donc votre plaisir) jusqu'à l'obtention de l'orgasme. Si vous ne savez pas où il se situe, regardez des planches anatomiques et, ensuite, regardez-vous avec un miroir pour bien le visualiser. Le mini-vibromasseur ira stimuler cette zone soit directement, soit sa périphérie en fonction de votre sensibilité. Mais attention, ce n'est pas parce que vous utilisez le vibromasseur que vous devez abandonner votre support d'excitation ! Gardez les deux jusqu'à l'orgasme, sans quoi l'excitation risque de retomber.

Vous avez eu votre premier orgasme : peut-être n'avez-vous pas envie de vous arrêter et tant mieux ! Vous pouvez tout à fait essayer d'en avoir un second : c'est à vous de décider.

Deux types d'orgasmes ?

Vous pouvez remarquer que le clitoris est au centre des propos. En effet, c'est l'organe du plaisir chez la femme, mais qu'en est-il du vagin ? Procure-t-il aussi du plaisir ? Nous entrons dans le débat séculaire de la femme clitoridienne versus la femme vaginale, qui n'a pas fini de faire polémique ! Comme ce n'est pas l'objet de ce livre, je voudrais juste vous faire passer le message que l'important est d'obtenir un orgasme à chaque fois qu'on le peut. Clitoridien ou vaginal : tant qu'on en a un, tout va bien ! Et même s'il n'est pas présent à chaque fois, il n'en demeure pas moins que le plaisir doit être, quant à lui, tout le temps au rendez-vous.

Si vos gestes sont maladroits, vos organismes timides, pas d'inquiétude, c'est tout à fait normal. Votre première intention doit être de vous procurer du plaisir toute seule afin de comprendre comment votre corps chemine vers l'excitation. Plus vos rendez-vous érotiques seront réguliers, et plus l'orgasme sera facile à obtenir. Cependant, ne vous mettez pas la pression ! Adoptez un rythme qui vous convient pour que ce moment soit un vrai moment de plaisir.

Peut-être certaines d'entre vous auront-elles encore des réticences. Pas de panique ! Dans ce cas, le rôle des préliminaires sera encore plus important : c'est avec l'aide précieuse de votre partenaire (qui devient alors en quelque sorte votre support d'excitation) que vous trouverez l'orgasme. Ses caresses viennent masturber votre zone sensible (clitoris, vagin) et mènent votre plaisir crescendo vers l'orgasme (avec ou sans pénétration). N'oubliez pas que l'excitation est en grande partie dépendante de votre partenaire. Si vous connaissez bien votre corps, vous savez ce qui vous convient et vous êtes en mesure de le guider. Et lorsque la masturbation en solitaire est encore trop délicate, c'est l'expérience du plaisir à deux qui vous amènera peu à peu à vous découvrir.

Conseils : votre rythme, votre orgasme !

La règle d'or est de commencer doucement pour y aller crescendo. Tout revêt de l'importance : le baiser, le déshabillement, les dessous, l'ambiance, les caresses sur tout le corps avec la recherche d'autres zones érogènes… Rappelez-vous, un rapport sexuel ne commence pas d'emblée en touchant la zone génitale ! Les sexes seront stimulés dans un second temps, quand l'excitation sera déjà bien présente. C'est alors seulement que votre clitoris pourra être caressé : par la main, la bouche ou un sextoy. C'est à vous de guider votre partenaire pour qu'il sache ce qui vous procure du plaisir, par un rythme, des mouvements, votre voix… C'est aussi à vous de ressentir le moment où vous avez envie d'être pénétrée et de le communiquer verbalement ou corporellement.

À partir du moment où vous sentez cette envie de pénétration, toutes les positions peuvent être adoptées tant qu'elles ne provoquent pas de gêne. Gardez toujours à l'esprit que le clitoris doit être stimulé quand vous êtes pénétrée, donc adaptez les positions : par exemple, la position du missionnaire (vous sous lui) est très excitante quand il y a frottements ou pressions des pubis, ce qui implique une pénétration profonde et appuyée. Autre position très stimulante, celle où la femme est sur l'homme : le frottement est alors initié et régulé par la femme.

Le plaisir est intimement lié à la connaissance de votre corps de femme et aux différentes étapes de votre excitation, que nous verrons plus loin. C'est la raison pour laquelle je n'en finis jamais d'insister sur la masturbation : elle est essentielle dans la compréhension de votre fonctionnement !

Les préliminaires prendront le relais selon vos envies : ils sont indispensables pour accéder au plaisir avant la pénétration, qui l'augmentera elle aussi jusqu'à l'obtention de l'orgasme.

Mais la quête de l'orgasme *à tout prix* ne doit pas être au centre de vos préoccupations, quand bien même il s'offre comme le Graal de la jouissance ! Seul le plaisir que vous prenez et que vous vous autorisez peut vous y donner accès.

Sachez enfin que la maturité sexuelle se situe entre 35 et 40 ans : c'est le temps qu'il faut pour intégrer et explorer librement sa pleine jouissance.

Et quand on sait que l'être humain apprend à tout âge, nous ne pouvons que souhaiter longue vie à votre plaisir !

Avez-vous une sexualité qui vous ressemble ?

Nous avons tous un avis sur la sexualité et ce qu'elle devrait être : nos connaissances, la transmission familiale et les informations (réseaux, médias, etc.) forgent le socle de notre vision. Et de nos attentes…

Nous nous sentons parfois perdus face à certaines normes ou définitions qui nous amènent à douter de notre propre perception… Or, nous avons vu que le terme « sexualité » englobe de nombreux concepts : ce qui était acquis ne l'est plus, et peut-être à présent commencez-vous à remettre en question les normes sexuelles que l'on vous a imposées (par la religion), transmises (socialement, dans la cellule familiale, à l'école) ou celles encore que vous vous êtes personnellement construites en fonction des informations trouvées, de vos amis, des médias, de votre expérience.

Un petit tour des idées reçues mettra un sérieux coup de balai à vos croyances et vous permettra de redéfinir doucement et de façon intime une jouissance qui vous ressemble (et vous convient) !

La norme, c'est vous !

Les humains adorent la norme : elle nous rassure, voilà pourquoi elle est omniprésente dans notre société. Et le sexe ne déroge pas à la règle ! Nous voulons savoir si notre sexualité est « normale », et voilà que nous sommes tantôt réconfortés, tantôt bouleversés de nous rencontrer à la fois dans et hors de la norme…

Mais existe-t-il une sexualité « normale » ? Surprise : non ! Car en réalité, la véritable question est plutôt la suivante : « Devez-vous vous conformer à des normes ou devez-vous simplement vivre votre sexualité comme vous l'entendez ? »

La réponse semble évidente et pourtant, le poids de la norme est considérable et entrave l'épanouissement personnel de nombreux individus.

Prenons un exemple classique : la fréquence des rapports sexuels dans un couple. Si l'on fait un micro-trottoir, la majorité des personnes vont d'emblée répondre deux ou trois fois par semaine. Mais d'où viennent ces chiffres ? Et pourquoi sont-ils présents dans notre inconscient collectif ? La norme sociale a simplement décidé que l'épanouissement sexuel passait par cette fréquence, et ce quelle que soit la maturité du couple ! Rien de tel pour culpabiliser, entraver, brider, briser… Quel gâchis ! Ainsi, de nombreux couples se remettent en question inutilement : « Un ou deux rapports par semaine, mon Dieu, ce n'est pas assez, avons-nous donc un problème ? » Et c'est là, en effet, que les vrais problèmes commencent, créés de toutes pièces par la norme...

La fréquence ne doit pas être un critère de bien-être sexuel : fichons la paix aux couples et fichez-vous la paix vous aussi !

Chaque couple doit se constituer sa propre norme sexuelle en fonction de ses envies, de ses attentes et surtout de ce qui est bon pour lui. Cela ouvre le champ des possibles à l'infini puisque tout peut être fait à partir du moment où l'autre est partant et où chacun prend du plaisir.

Enfin, gardez à l'esprit que votre développement et votre maturité se font en fonction du temps. Il en va de même pour votre sexualité ! J'enfonce des portes ouvertes, mais elles demandent parfois à être agrandies : vos attentes ne sont pas les mêmes à 20 ou à 40 ans... Et à 70 ? Le corps ne réagit pas de la même façon, les aléas de la vie peuvent parfois avoir des conséquences... Votre sexualité va évoluer, comme votre couple et votre identité personnelle. Tout est constamment en mouvement, et vous avez votre place à chaque instant.

Quelle est votre norme ?

Afin de connaître votre norme, je vous propose de répondre à ces questions, seule ou en couple, en sachant qu'il n'y a pas de bonnes ou de mauvaises réponses ! Il s'agit juste de faire un état des lieux de votre sexualité avant bébé, qui pourra vous aider à mieux comprendre celle d'après...

– Avais-je l'impression d'avoir une sexualité épanouie ? Pourquoi ? Réfléchissez à ce que le mot « épanoui » revêt pour vous : est-ce le plaisir, les orgasmes, la fréquence, la satisfaction de votre partenaire... ?
– Est-ce que je me comparais aux autres en fonction des dires de mes amis ou même de ce que j'entendais ou lisais dans les médias ? Cette question renvoie à la norme et à ses conséquences sur notre sexualité : pourquoi se comparer si vous vous sentez bien dans votre sexualité ?
– La masturbation féminine était taboue pour vous ? Essayez d'expliquer pourquoi en fonction des transmissions que vous avez reçues. Avez-vous changé d'avis ?
– Selon vous, faisiez-vous suffisamment l'amour ? Souvenez-vous de votre fréquence et essayez d'y réfléchir en termes de plaisir.
– Aviez-vous une norme en tête pour le nombre de rapports sexuels par semaine ou par mois ? Si oui, d'où venait-elle ? Et qu'en est-il maintenant ?

Idées reçues

Vrai ou faux ? Il existe une fréquence normale pour les rapports sexuels.

Faux : la fréquence normale est celle du couple. Ainsi, si les deux partenaires sont épanouis avec un rapport par mois, il n'y a aucun jugement ni aucun conseil à leur donner : ils sont tout simplement heureux.

Vrai ou faux ? Les films pornographiques peuvent nous servir de norme pour savoir quelle pratique faire et à quel moment.

Faux : ces films existent pour augmenter notre excitation, exacerber nos fantasmes, mais ne doivent en aucun cas être pris comme norme dans un rapport sexuel. D'ailleurs, beaucoup de femmes n'aiment pas en regarder : ils sont plus destinés à un public masculin de manière générale.

Vrai ou faux ? Il faut sans cesse se montrer inventif pour pimenter sa vie sexuelle.

Vrai et faux : pimenter et sortir de la routine sont deux éléments qui doivent être pris en compte quand le couple commence à s'essouffler un peu, mais quand tout va bien, pourquoi être sans arrêt en quête du plus ? C'est une question que chaque couple doit se poser et c'est ensemble qu'ils trouveront la solution.

Vrai ou faux ? C'est bien de se tenir informé (Internet, presse féminine et masculine…) pour essayer d'améliorer notre vie sexuelle.

Vrai et faux : en effet, il est divertissant de lire des choses et de s'informer, si on le fait de manière légère. Car parfois certains articles nous apportent des réponses, mais souvent, nous culpabilisons en nous disant que nous ne faisons pas du tout ce qui est préconisé. Or, ce qui compte c'est nous, pas les autres !

Vrai ou faux ? Si une femme se masturbe, c'est qu'il lui manque une satisfaction sexuelle dans son couple.

Faux : comme les hommes, les femmes qui se masturbent ne sont ni perverses ni forcément en manque de sexe.

Elles le font pour se donner du plaisir en solitaire, tout simplement, et cela ne veut pas dire pour autant que leur partenaire ne les satisfait pas !

Vrai ou faux ? La femme doit toujours avoir des orgasmes.

Faux : nous l'avons abordé, mais c'est important de le renoter ici, car nombreuses sont celles qui pensent qu'elles ne sont pas normales, car elles n'ont pas d'orgasme, ou pas à chaque fois. C'est bien évidemment une source d'épanouissement sexuel, mais ce n'est pas la seule. À chaque étape de notre vie, il est possible d'obtenir des orgasmes *(voir le chapitre précédent)*.

Conseils : ne vous comparez pas !

Chaque individu et chaque couple est unique, alors il existe cinquante nuances de leur sexualité… Ou plus, ou moins ! La norme n'a pas sa place dans la vie intime car tout ce qui compte va être l'épanouissement sexuel des deux membres du couple. Vous avez les mêmes attentes et les mêmes partages ? Alors, peu importe ce que font les autres. Un rapport sexuel réussi est un rapport où les partenaires ont pris du plaisir en faisant ce qu'ils ont choisi. Ce n'est pas une question de fréquence, de performance ou de positions… C'est juste le bonheur de partager.

Couple bourgeon ou couple fruit mûr : où en êtes-vous ?

La naissance d'un couple… Quoi de plus magique ! La séduction, l'envie irrépressible d'être avec l'autre, de le sentir, de lui parler, de partager, de passer le plus de temps possible à deux donnent l'envol des premiers instants. Les défauts sont hors jeu, les discordes quasi inexistantes : nous voyons l'autre avec les yeux de l'amour. Telle est la définition de cette phase si délicieuse nommée « lune de miel » pour un couple bourgeon, qui peut durer de quelques semaines à plusieurs mois !

Pendant cette période, la sexualité du jeune couple (jeune dans la durée et non dans l'âge des partenaires) se trouve très souvent exacerbée, le désir de l'autre est omniprésent : peu importe l'heure, le lieu, les circonstances, elle va s'exprimer sans réticence ! Tout se passe comme si le poids du quotidien et ses contraintes n'existaient pas : le couple est dans sa bulle et profite pleinement des moments sensuels et sexuels. Et c'est à ce moment-là qu'il va être important de bien communiquer sur notre sexualité pour ne pas se laisser avoir par des non-dits et la laisser ainsi se scléroser, de peur de blesser l'autre. Chaque partenaire doit savoir ce que l'autre aime, sans gêne ni tabou : cette période est propice à une bonne communication. La connaissance et l'apprentissage sont au centre de la relation naissante, il faut donc s'en servir pour éviter ensuite certaines mésententes. Quoi de plus dommage que de ne pas avoir profité de ce moment pour mettre les choses à plat et partir sur de bonnes bases…

Car supposons qu'au bout de dix ans de vie commune, une femme dise à son homme qu'elle n'aime pas la façon dont il lui fait les cunnilingus. Imaginez sa réaction, lui qui était persuadé qu'elle prenait au contraire du plaisir… Quelle désillusion, quelle perte de temps et de plaisir alors qu'un simple guidage (ou une discussion) aurait pu tout désamorcer dès le début !

Une fois la routine installée, le couple se transforme. Loin de moi l'idée de stigmatiser la routine, qui est un élément central de la vie et du bien-être : elle apporte la régularité nécessaire à notre sécurité, elle est le point de départ pour des aventures plus osées. Mais revenons à notre couple et à sa routine : le travail, la vie amicale et familiale, les loisirs, les tâches ménagères, les enfants… La phase d'apprentissage est passée, place maintenant à la connaissance réelle de l'autre dans ses défauts, son caractère et sa façon de vivre… La descente de notre petit nuage peut être parfois violente ! Elle peut aussi être vécue en conscience, dans l'échange, car c'est là que les tensions trouvent leur résolution et que les chutes s'amortissent sur des coussins plus douillets. Oser dire est le premier pas vers une exploration d'un *nous* réussi…

Et la sexualité ? Elle se transforme elle aussi de couple bourgeon en couple fruit mûr. Peut-être que chacun se laisse aller au moindre effort pour séduire et, comme un effet miroir, le désir va dégringolant… La libido est au frigo et la sensualité comprimée entre deux plats congelés. Bien sûr, je caricature volontairement, comme un lanceur d'alerte le ferait en apercevant le bord du précipice. Si le couple ne doit pas être une lutte constante, une bataille inachevée et éreintante, il ne doit pas non plus être un acquis.

Entendons-nous là, ne demandez pas à l'autre de rendre votre vie excitante, créez vos propres conditions d'excitation, et partagez-les. Le désir part de vous aussi. L'autre n'est en aucun cas votre béquille vitale. Il en va de même pour la sexualité.

Êtes-vous bourgeon ou fruit mûr ?

Répondez à ces quelques questions afin de vous aider à faire le point :

– Depuis combien de temps êtes-vous en couple ? Avez-vous des enfants ?
– Sentez-vous que votre désir est moins présent qu'avant ? Si oui, analysez pourquoi (poids du quotidien, usure du couple...).
– Y a-t-il des choses qui vous énervent chez votre partenaire, alors que ce n'était pas le cas avant ?
– Arrivez-vous à communiquer sur votre sexualité avec votre partenaire ?
– Vous arrive-t-il de ne rien dire quand il fait une chose que vous n'aimez pas, par peur qu'il le prenne mal ?
– Avez-vous l'impression de faire moins d'efforts pour le séduire ?
– Est-ce souvent lui qui prend des initiatives sexuelles ?

Idées reçues

Vrai ou faux ? Les couples venant de se former ont beaucoup plus de rapports sexuels que les autres.

Vrai : ils sont encore dans la phase d'apprentissage et de connaissance de l'autre. Mais un couple mûr peut lui aussi maintenir une bonne libido grâce à des conseils adaptés.

Vrai ou faux ? Plus on le fait et plus on en a envie, donc il suffit de se forcer !

Faux : ce vieil adage n'a pas de sens en sexualité. Se forcer à avoir un rapport sexuel va produire l'inverse, car l'envie n'est pas présente.

Vrai ou faux ? Plus on est jeune et plus on a de plaisir.

Faux : la maturité sexuelle étant vers 40 ans, c'est un des avantages de l'âge, on prend de plus en plus de plaisir en vieillissant.

Conseils : dédramatisez et vivez !

Dédramatisez la situation si vous êtes un couple fruit mûr ! C'est la logique de toute vie… Nous sommes tous confrontés à la routine qui peut tuer à petit feu la libido. Mais tous, nous disposons de l'arme ultime : notre créativité ! C'est-à-dire ? En étant connectés à ce qui nous fait envie, à notre esprit joueur, à notre spontanéité, nous entrons en possession du bouton « ON » : nous cassons l'habitude, nous créons une rupture, et la vie coule à flots dans cet instant impromptu, imprévu. Ce que cela nous a pris comme temps ne fut qu'un instant : un moment pour nous recentrer sur nous, nos désirs, afin de les partager librement.

> **Prenez des moments à deux**
>
> Gardez toujours à l'esprit que les moments partagés à deux sont essentiels : un dîner à deux, un week-end, une balade, une rando, une virée entre amis, un câlin de quelques minutes les yeux dans les yeux, volé au temps et aux enfants... Je vous propose cet exercice : prenez une feuille et notez toutes les envies à deux qui vous viennent, sans rature ni retenue. Choisissez-en deux : programmez-les et organisez-les dans le mois qui vient.
>
> Et voici une astuce pour vous créer des moments à deux sans les enfants : faites-les manger avant vous, grignotez seulement avec eux et une fois qu'ils sont couchés, partagez un vrai dîner en tête à tête dans votre salon, comme avant. Aucuns frais de nounou ou de sortie, que du bonheur ! Et pourquoi ne pas prolonger ce moment par une étreinte sensuelle qui vous emmènera alors peut-être vers des positions nouvelles, des caresses redécouvertes.

Vive l'imagination ! Vous en êtes toutes et tous pleinement remplis !

Enfin, le bel atout des couples fruits mûrs repose sur leur expérience, car si la libido peut diminuer avec la familiarité, la force d'un couple qui dure est le temps : n'oubliez pas que notre sexualité évolue avec les années pour arriver à maturité vers 40 ans... Ces couples peuvent alors *réellement* jouir de leur corps, ils se connaissent bien et mieux, et savent explorer leur plaisir avec volupté : voilà leur secret ! Ainsi, nos fruits mûrs regorgent de ces choses si précieuses que sont le sucre et les arômes pleins, alors que nos bourgeons ne les ont pas encore développés…

Petite géographie de votre plaisir

Quand plaisir rime avec excitation

Cette première partie ne serait pas complète si je ne vous parlais pas du cycle de réponse sexuelle de William Masters et Virginia Johnson. Il décrit l'évolution de l'excitation en quatre phases : les préliminaires, la pénétration, l'orgasme et la fin.

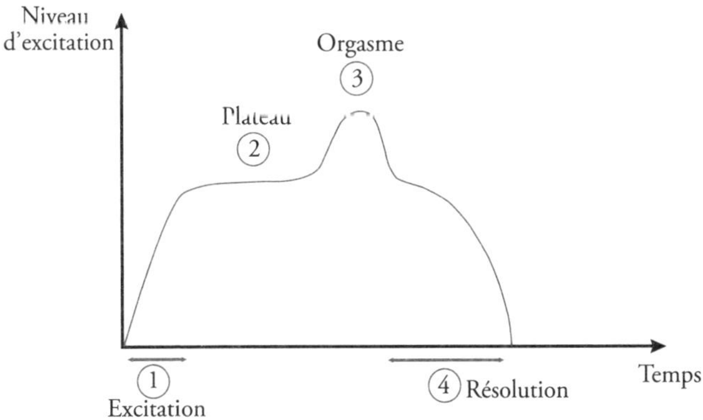

Ces quatre phases se succèdent ; vous voyez sur la courbe les modifications de l'excitation en fonction de la progression. Je l'utilise beaucoup en consultation, car mes patients visualisent à quel moment leurs problèmes surviennent, comprenant ainsi mieux les causes, plus faciles à expliquer avec un schéma.

Cette progression est la même pour les hommes et les femmes : les réactions physiologiques sont donc identiques, en tout cas pour l'excitation ! Seules les durées peuvent varier et induire des incompréhensions… Regardons-la d'un peu plus près pour bien comprendre.

La première phase du cycle est appelée « phase d'excitation » : elle monte progressivement pour atteindre un plateau. Elle est stimulée par des sources sensuelles et sexuelles qui correspondent aux préliminaires. Pas de préliminaires, pas d'excitation et donc pas de plaisir ! Si cette phase n'est pas présente, les hommes n'auront pas d'érection, et les femmes auront des douleurs à la pénétration (pas de lubrification). Si elle est courte, les hommes pourront avoir une érection, mais les femmes auront toujours des douleurs…

Vous retrouvez bien l'importance des préliminaires qui doivent être plus longs pour les femmes.

Puis arrive la phase de plateau (phase 2) : l'excitation atteint un degré maximal pendant un moment, avant de monter en flèche. Durant le plateau, vous êtes sûre que vous pouvez être pénétrée sans douleur. La durée de cette phase dépend de la qualité de l'excitation, mais aussi de facteurs personnels pour la maintenir (fatigue, poids du quotidien, mésententes, stress, etc.).

Vous voyez que le facteur psychologique est à l'honneur pour le plateau…

La troisième phase est celle de l'orgasme : l'excitation est à son point culminant et dure quelques secondes. Quasiment toujours présent pour l'homme, il n'en est pas de même pour la femme. Ainsi, nous avons trois types de courbes : une courbe identique à celle des hommes quand il y a un orgasme, une courbe qui va rester en plateau et diminuer ensuite car l'orgasme est absent (on passe ainsi de la deuxième à la quatrième phase), et une courbe où il existe plusieurs orgasmes à la suite.

Point essentiel à vous rappeler : ce n'est pas grave si l'orgasme n'est pas tout le temps au rendez-vous, tant que vous avez du plaisir (phases 1 et 2) !

La dernière phase est appelée « phase de résolution » (phase 4) : l'excitation diminue très vite après l'orgasme ou après la phase de plateau quand il n'a pas eu lieu, pour revenir à zéro. Un autre cycle peut-il alors commencer ? Eh non ! La durée entre deux rapports sexuels varie en fonction du sexe et de l'âge. Pour une fois, nous sommes mieux logées que les hommes ! En effet, nous pouvons avoir des rapports rapprochés alors qu'ils ont une période réfractaire physiologique qui s'allonge avec l'âge. Par exemple, à 20 ans, un homme peut avoir plusieurs rapports en une journée alors qu'à 60 ans, il devra attendre quelques heures.

Maintenant que la sexualité n'a plus de secret pour vous, vous allez pouvoir explorer la vôtre pendant la grossesse en toute conscience et en toute sérénité ! Car la reprise de la vie intime après bébé ne se fait dans les meilleures conditions que si vous avez compris votre sexualité d'avant… mais aussi celle de la période de transition, qui vous fait passer de couple à parent.

Pour que ce soit plus ludique, je parlerai de la sexualité pendant la grossesse en faisant le parallèle avec le cycle de réponse sexuelle, que vous maîtrisez parfaitement désormais !

Idées reçues

Vrai ou faux ? La sexualité d'avant conditionne celle de la grossesse.

Faux : et heureusement car nous allons voir que, parfois, elle peut même déclencher de nouvelles sensations, comme des zones érogènes insoupçonnées et même un orgasme !

Conseils : identifiez l'évolution de votre excitation

Afin de mieux comprendre cette courbe, je vous conseille de la tester : vous vous rendrez ainsi compte de l'évolution de votre excitation au moment d'un rapport sexuel. Votre conjoint peut le faire avec vous puisque c'est la même courbe ! Pour cela, rien de plus simple : faites comme vous avez l'habitude, mais soyez juste plus attentive à la montée et à l'évolution de votre excitation, comme si vous vouliez lui donner une note. Vous comprendrez l'importance des préliminaires, du moment le plus opportun pour être pénétrée, de la montée de l'orgasme… Bref, mettez-la à l'épreuve en vous amusant !

Partie 2

La sexualité est-elle enceinte elle aussi ?

La grossesse est une période de transition nécessaire et souvent idéalisée, car le couple va être mis à rude épreuve : l'attente d'être enceinte, les changements physiques et psychiques, les angoisses et interrogations pendant la grossesse, l'organisation de la naissance et de l'après… Nous sommes abreuvés d'informations, et là aussi beaucoup de choses circulent sur la sexualité. Alors, qu'en est-il vraiment ?

Chaque cas est particulier, c'est pourquoi j'ai choisi de faire un parallèle avec la courbe de réaction sexuelle pour que ce soit plus ludique et que vous puissiez vous reconnaître dans chaque phase. L'analogie entre la grossesse et la sexualité prend tout son sens, car vous allez voir que l'évolution de l'une suit souvent l'évolution de l'autre.

Un petit avertissement tout de même avant de commencer : ne vous mettez pas dans des « cases » ! Tout ce qui compte est le couple, alors voici comment bien appréhender cette période et trouver des solutions pour qu'elle se passe le mieux possible. Tout commence par le désir d'être parent, le début d'une nouvelle vie pour tous les protagonistes.

Tu veux ou tu veux pas ?

Désirer un enfant : quoi de plus naturel au monde ? Mais les choses ne se passent pas forcément de manière si naturelle que cela… La question du désir d'enfant va alors être au centre des préoccupations du couple, et celle-ci peut influencer la sexualité de façon plus ou moins perverse.

Nous allons voir différentes situations correspondant à ce que je nomme les « préliminaires à être parent ». Car en cas de désir de grossesse, la sexualité est pour le coup indispensable ! Si avant des subterfuges étaient utilisés pour éviter les rapports sexuels, ceux-ci deviennent obsolètes. C'est pourquoi nous avons plusieurs cas de figure qui illustrent parfaitement ce que les couples vivent. Vous allez ainsi pouvoir vous situer parmi ces exemples et, je l'espère, comprendre ce que vous ou votre conjoint avez pu vivre au moment où vous essayez d'être enceinte.

Une symbiose parfaite

Quand le couple est d'accord sur le moment d'être parents, nous sommes dans une situation qui ne pose généralement pas de problème. Le désir d'enfant a été mûrement réfléchi et discuté, les moyens de contraception arrêtés, les informations prises : il n'y a donc plus qu'à !

Dame Nature étant bien faite (dans ce cas du moins !), la femme ressent plus de désir au moment où elle ovule : elle va donc ressentir davantage l'envie d'avoir des rapports sexuels à la bonne période. Cependant, si ce ressenti est absent (ce qui n'est absolument pas anormal), le désir de grossesse fait tout de même augmenter le nombre des rapports sexuels au sein du couple. C'est pour cela qu'il est communément dit que la sexualité augmente au moment de la conception d'un bébé.

Si le couple avait des rapports réguliers et épanouissants, il gardera cette fréquence en l'augmentant un peu au moment de l'ovulation. C'est une situation parfaite qui ne crée pas d'incompréhension. Mais si le couple avait quelques difficultés avant la conception, des troubles sexuels peuvent apparaître.

Conseils : ne changez rien !

Dans ce cas précis, le désir de grossesse augmente naturellement la fréquence des rapports sexuels, pour se donner un maximum de chance. Alors, ne changez rien et restez centrée sur le partage de votre plaisir.

L'homme-objet

Dans les cas où une femme est peu sexuelle, le désir de grossesse va prendre le dessus, et elle va, de manière consciente ou non, être plus demandeuse de rapports sexuels. On pourrait alors se dire que son homme sera heureux de ce changement de comportement, mais il peut en être tout autrement. Pour bien comprendre ce qui se joue, voici un exemple concret.

Un couple décide d'avoir un enfant, mais la femme est peu portée sur la sexualité : ils ont des rapports sexuels plus ou moins réguliers et fréquents et l'homme se plaint parfois du manque de désir de sa compagne. Ils s'aiment et veulent un bébé. Pour la femme, son désir d'enfant va augmenter sa libido : elle va alors devenir plus demandeuse, son comportement sexuel va changer. Pour elle, c'est normal, car elle veut être enceinte. Mais pour son homme ? Contrairement à ce qu'on pourrait penser, il peut ne pas bien gérer ce changement. Mettons-nous à sa place : il passe d'une situation où il fallait qu'il « quémande » une relation sexuelle à une situation où il est sollicité. Mais attention, pas forcément pour un rapport sexuel, plus pour qu'une fécondation se produise, et il n'est pas dupe… Il n'est pas forcément un homme désiré, il est plutôt un « homme-objet », celui par qui la grossesse va être possible. Situation très inconfortable, car même si pour la femme le bébé est issu de l'amour, pour l'homme, il est plus un moyen de parvenir à ses fins. Il n'est pas rare d'entendre en consultation de couple des hommes qui se décrivent comme des « donneurs » de sperme, des « machines à éjaculer ».

On comprend alors aisément que si la grossesse tarde à arriver, des conflits vont éclater dans le couple : l'homme va reprocher à sa femme de ne le voir que comme un objet, et elle ne comprendra pas pourquoi il lui reproche cela, lui qui voulait tellement avoir plus de rapports sexuels ! Il faut alors désamorcer ces incompréhensions, car l'avenir du couple est en jeu.

Conseils : plus de rapports oui ! Mais pour le plaisir

Ce cas de figure n'est pas si rare, je peux vous le certifier. Les hommes, quoique assez pudiques, se rendent très vite compte qu'ils sont considérés comme des donneurs de sperme, et ils le disent rapidement à leur partenaire. Il est alors primordial que vous écoutiez bien leur ressenti en vous mettant à leur place. Il n'est jamais agréable d'être pris pour un objet, et même si ce n'était pas du tout votre but, rassurez-le et mettez à l'honneur l'amour et le plaisir lors d'une relation sexuelle.

Il est important de maintenir une sexualité en dehors des périodes de fécondation, c'est-à-dire pas uniquement pour avoir un bébé. Les hommes sont plus sensibles que vous ne le croyez !

Doute, quand tu nous tiens

De manière générale, les femmes ont envie de procréer plus tôt que les hommes. Quand les discussions arrivent dans le couple, certains hommes « suivent » leur compagne dans son envie, la plupart du temps par amour. Heureusement, dans la majorité des cas, tout se passe bien. Mais il arrive parfois que, lorsque la grossesse tarde à venir, certains doutent, se posent des questions et n'osent pas en parler à leur partenaire.

C'est ce que nous appelons l'« ambivalence » : ils ont envie d'être père, mais dans le même temps, des sentiments contradictoires sont présents. Ils peuvent venir du passé, comme le rapport que le futur papa a pu avoir avec son père, mais aussi de l'avenir, comme des questionnements quant à son futur rôle paternel. Tous ces doutes, s'ils ne sont pas évacués, vont se traduire majoritairement par des troubles sexuels et/ou une diminution des rapports sexuels.

Il n'est pas rare en effet de voir en consultation des couples qui essaient d'avoir un bébé, et dont l'homme est atteint de dysfonctions sexuelles qu'il n'avait jamais eues auparavant. Quand on parle avec eux et que l'on aborde les sentiments face au désir d'enfant, ils arrivent à exprimer leurs doutes et angoisses. L'ambivalence peut être parfois si forte qu'elle va impacter la vie sexuelle. C'est alors que nous pouvons comprendre ces troubles.

Quand un homme est perdu face à son désir d'enfant, il risque de développer essentiellement trois dysfonctions : une diminution de la libido, des troubles de l'érection et enfin une anéjaculation (absence d'éjaculation). Il est alors compliqué de procréer quand on a ce genre de soucis. Finalement, tout se passe de manière inconsciente, comme si le corps disait « non » quand le cerveau doute. Dans ces cas, les conflits et les incompréhensions ne sont pas loin.

> **Sachez détecter l'ambivalence**
>
> Même si vous n'êtes pas psy, voici quelques questions à vous poser pour essayer de détecter une ambivalence chez votre compagnon. Cela vous aidera à lui en parler par la suite et à éventuellement l'amener à consulter afin qu'il puisse les verbaliser avec un professionnel :
> – Vous parle-t-il souvent de votre future grossesse et/ou de son rôle de futur père ?
> – Vous semble-t-il indifférent à cela ?
> – Avez-vous l'impression qu'il est plus angoissé depuis que vous avez décidé d'avoir un bébé ?
> – Connaissez-vous les rapports qu'il avait quand il était petit avec son père : était-il présent ? S'occupait-il de lui ? Est-ce qu'il en garde un bon souvenir ?
> – A-t-il des troubles sexuels depuis que vous voulez un enfant ?

Idées reçues

Vrai ou faux ? Les femmes ont plus de désir lors de l'ovulation.

Vrai : la nature est bien faite, mais certaines femmes ne ressentent pas cette augmentation de libido.

Vrai ou faux ? L'orgasme augmente les chances d'être fécondée.

Faux : cette idée reçue a pour origine le fait que les contractions involontaires des muscles lors de l'orgasme permettent au sperme déposé dans le fond du vagin d'être comme aspiré par l'utérus. Or, l'utérus n'est pas un aspirateur ! Donc une femme a la même chance d'être fécondée qu'elle ait un orgasme ou pas.

Vrai ou faux ? Il faut rester les jambes en l'air pour avoir plus de chances d'être fécondée.

Faux : si une femme doit être fécondée, elle le sera quoi qu'il arrive. Cependant, si cela peut vous rassurer en vous disant que ça augmente vos chances, libre à vous de le faire, mais je ne vous donnerai pas d'échelle de temps !

Conseils : communiquer et… communiquer !

En amont, le désir d'enfant doit être discuté et mûrement réfléchi au sein du couple. Chacun doit pouvoir exprimer ses doutes et ses craintes face au devenir parent : le respect de l'autre est au centre. Mais parfois, malgré nos certitudes, une ambivalence peut s'installer et provoquer des troubles sexuels. Il est alors indispensable d'en parler en couple et de ne pas hésiter à consulter un thérapeute de couple ou un sexologue, qui nous aidera à y voir plus clair en abordant et en verbalisant les doutes, angoisses, incertitudes…

La grossesse : un long fleuve tranquille ?

Les préliminaires à être parents étant passés, nous voici arrivés à la phase de plateau qu'est la grossesse. La similitude avec la courbe de réaction sexuelle s'arrête là, car la grossesse est loin d'être un long fleuve tranquille !

Si cette période de transition pour être parents ne dure que neuf mois, il n'en reste pas moins que les chamboulements psychologiques sont nombreux, tant chez la future maman que chez le futur papa. Et si on ajoute à cela le poids de la famille, les injonctions sociales et la vie quotidienne, il est clair que le couple est en pleine crise maturative. La sexualité a une place secondaire lors de la grossesse, c'est pourquoi pendant longtemps personne ne s'y est intéressé. Ce n'est que depuis quelques années que les couples peuvent enfin avoir des informations.

Les professionnels se sont d'abord occupés des aspects médicaux et psychologiques de la grossesse, occultant la sexualité, qui est restée dans l'ombre de cette période certes très courte mais si riche. Du coup, les couples n'osaient pas poser des questions sur leur intimité et restaient ainsi dans l'ignorance et parfois la culpabilité de ce qu'ils pouvaient vivre. Or, nous savons que l'épanouissement personnel passe aussi par la sexualité, et la grossesse ne fait pas exception.

Cependant, comme c'est une période très particulière, il faut être prudent et porter un regard aguerri sur la vie intime quand un couple attend un enfant. C'est pourquoi, tout au long de ce chapitre, vous allez découvrir toutes les modalités que la sexualité peut prendre, et il y en a beaucoup ! Vous vous apercevrez qu'aucune n'est anormale, il suffit de les connaître pour mieux les comprendre. Mais en tout cas, une chose est certaine : la sexualité durant la grossesse ne présage en rien de celle que l'on aura après la naissance, et elle ne dépend pas non plus de celle que l'on avait avant. Donc, pas de panique, plongeons sereinement dans cette période !

Premier trimestre : sympathique, bien paradoxal…

Vous connaissez toutes les signes « sympathiques » du premier trimestre : nausées, vomissements, fatigue, envie et/ou dégoût, hyperémotivité… Bref, ils n'ont de sympathique que leur nom, ils embêtent la majorité des femmes enceintes, mais heureusement ils s'arrêtent au deuxième trimestre.

Ces signes normaux sont aussi accompagnés parfois de symptômes psychologiques, dont le premier est l'anxiété. Réaction paradoxale mais tout à fait compréhensible :

en effet, quel bonheur d'être enceinte, mais aussi quelle angoisse ! Quand on sait que les fausses couches précoces (c'est-à-dire au premier trimestre) touchent presque 20 % des femmes, on ne peut qu'imaginer la peur qu'elles induisent. Il faut savoir une chose : nous nous imaginons mamans dès que nous savons que nous sommes enceintes. Alors, quand des saignements arrivent, notre monde s'écroule. Heureusement, un grand nombre de ceux du premier trimestre ne se termine pas en fausse couche, mais il n'empêche que celles qui y sont confrontées seront dans un état de stress jusqu'à ce qu'ils s'arrêtent. Sans oublier la peur d'une malformation, en attendant la première échographie à la fin du premier trimestre.

Nous voyons ainsi que le début de la grossesse est difficile pour beaucoup de femmes. C'est pourquoi on observe couramment une diminution des rapports sexuels durant cette période. Cette diminution peut perturber les couples, car lors de la conception, ils avaient un rythme assez soutenu de rapports. Ainsi, les femmes peuvent culpabiliser, et les hommes ne pas comprendre ce qui se passe, d'autant plus que le poids de la société est bien présent : une femme enceinte est forcément une femme heureuse et épanouie… Croyance très réductrice quand on sait ce qui se joue au premier trimestre.

Idées reçues

Vrai ou faux ? En cas de saignements, on arrête les rapports sexuels.

Vrai : il est préférable en effet d'éviter les rapports, même s'il n'y a pas de fausse couche.

Vrai ou faux ? Un rapport sexuel peut provoquer une fausse couche.

Faux : si votre grossesse se passe bien, il n'y a aucune raison qu'un rapport provoque une fausse couche.

Vrai ou faux ? Au premier trimestre, il vaut mieux arrêter les rapports sexuels.

Faux : ils peuvent être maintenus tout au long de la grossesse à partir du moment où l'équipe médicale ne vous les contre-indique pas (cas extrêmement rares). Mais nous avons vu que, de manière naturelle, les femmes diminuent les rapports sexuels au premier trimestre.

Vrai ou faux ? L'orgasme donne des contractions utérines.

Vrai : cependant, vous pouvez ou non les ressentir, et elles n'ont aucun impact sur votre grossesse. Sachez qu'elles passent en quelques minutes.

Vrai ou faux ? Un rapport sexuel peut faire saigner.

Vrai : la grossesse induit une hypervascularisation, et de ce fait, lors d'un rapport sexuel, il est possible que le col de l'utérus saigne un tout petit peu. Ce n'est pas grave du tout, ce ne sont que quelques gouttes, mais il vaut mieux le savoir pour ne pas paniquer si cela vous arrive.

Conseil : bien comprendre ce début de grossesse

Première chose à retenir : ne vous inquiétez pas, ces signes vont disparaître avec l'avancée de votre grossesse. Il n'existe pas de remède miracle car le temps va faire son œuvre, mais reposez-vous et discutez de vos angoisses avec votre compagnon et/ou vos proches : vous verrez, ils seront très compréhensifs. Les professionnels sont là aussi : n'hésitez pas à leur poser des questions.

Quant au couple, vous vous doutez bien que la sexualité peut être en berne durant cette période de trois mois. Cependant, il vous reste tout un panel de possibilités : la tendresse, le temps à deux, les câlins… Ne mettez pas de côté votre homme, il est là pour vous soutenir, il a besoin de vous comme vous avez besoin de lui. Rigolez de vos sautes d'humeur : l'humour est le meilleur moyen de retrouver une belle complicité.

Deuxième trimestre : le meilleur !

Enfin, le premier trimestre est fini, l'échographie tant redoutée est passée : vive le deuxième trimestre ! Normalement, les signes sympathiques sont partis progressivement et les femmes commencent à vivre pleinement leur grossesse, d'autant plus que le ventre n'est pas encore très proéminent, et le bébé commence à bouger, ce qui les rassure. En dehors de quelques pathologies rares, les futures mamans sont dans une période faste : pas de fatigue, sentiment de bien-être, les formes s'arrondissent…

Et les futurs papas dans tout cela ? Ils ont vécu de plein fouet le premier trimestre, en essayant tant bien que mal de soutenir leur femme. Maintenant, ils la retrouvent presque mieux qu'avant la grossesse, tellement elle est épanouie, sans compter les formes… Du coup, les deux membres du couple sont dans un état serein, propice aux rapprochements sexuels. C'est pourquoi le deuxième trimestre est très souvent une période faste pour la sexualité : on observe une augmentation des rapports avec parfois, à la clé, de belles surprises.

En effet, certaines femmes font l'expérience de leur premier orgasme au cours de cette période. C'est assez logique quand on y pense car tous les éléments sont réunis pour son obtention : plénitude de la grossesse, quasiment plus d'angoisse, envie de se faire câliner et chouchouter, attention de son homme… Bref, tout est là pour jouir pleinement de sa sexualité, et pour le coup, tout est permis !

Idées reçues

Vrai ou faux ? Les sextoys sont contre-indiqués.

Faux : si votre grossesse se passe bien, il n'y a aucune raison de ne pas les utiliser. Si vous avez le moindre doute, demandez à un professionnel qui vous rassurera.

Vrai ou faux ? Il faut éviter certaines positions.

Faux : au deuxième trimestre, vous pouvez adopter toutes les positions que vous voulez car votre ventre n'est pas encore proéminent. Cependant, si certaines vous semblent inconfortables, gardez-les pour plus tard, mais sachez que bébé ne craint rien !

Vrai ou faux ? Le clitoris est beaucoup plus sensible.

Vrai : la grossesse induisant une hypervascularisation, le clitoris peut, chez certaines femmes, être très sensible. Si c'est le cas, adaptez les caresses afin qu'elles soient moins appuyées.

Conseils : pas de pression

Même si ce deuxième trimestre est le meilleur pour la sexualité, certaines femmes ne se reconnaîtront pas. Rien de grave ! Ce n'est pas parce que les études montrent une augmentation des rapports sexuels durant ce trimestre que toutes les futures mamans le vivent. Celles qui ne voient aucune augmentation de leur libido ne doivent pas penser qu'elles ont un problème. Nous avons vu que le désir sexuel dépendait d'énormément de facteurs, alors il est logique que certaines d'entre vous ne se retrouvent pas dans ce qui est décrit.

Je vous conseille alors de faire le point sur ce qui pourrait entraver votre désir, afin que vous puissiez comprendre pourquoi votre libido n'est pas ou peu présente. Voici quelques exemples qui pourraient l'expliquer : vous avez déjà des enfants (ce qui est fatigant quand on est enceinte), vous avez des soucis au travail ou dans votre couple, vous avez des angoisses sur la suite de la grossesse, vous ne vous sentez pas à l'aise dans votre corps de femme enceinte… Vous voyez, énormément d'éléments peuvent entraver l'accès au désir, même quand on est enceinte. Quand on arrive à les identifier, on peut parfois trouver des stratégies pour les surmonter : demander de l'aide pour ses enfants ou pour le quotidien, demander un arrêt maladie pour se reposer, poser les questions qui vous angoissent aux professionnels qui vous suivent… Et, surtout, maintenir la communication et la tendresse avec votre homme.

Ne vous mettez pas la pression : cette période ne dure que neuf mois, alors si pause il y a, la sexualité reviendra à un moment donné. Profitez de votre grossesse et ne culpabilisez pas.

Troisième trimestre : pas si simple…

Nous voilà à la fin de la grossesse, les trois derniers mois avant que bébé arrive. Il a bien pris ses aises et il vous en fait parfois voir de toutes les couleurs ! Le ventre est bien rond, certains gestes du quotidien deviennent difficiles, et comme si cela ne suffisait pas, les angoisses reviennent : peur d'une menace d'accouchement prématuré, peur de l'accouchement en lui-même, peur de ne pas être une bonne mère, peur de ne pas s'en sortir… Ces angoisses sont normales, mais peuvent être si présentes que la future maman se sent envahie.

Pour toutes ces raisons, pas étonnant que l'on observe une diminution des rapports sexuels au troisième trimestre. D'ailleurs, les futurs papas également n'ont plus trop de libido : ils peuvent non seulement avoir les mêmes angoisses, mais aussi le corps de leur femme a tellement changé que, parfois, ils perdent leurs repères.

Idées reçues

Vrai ou faux ? L'homme a moins envie de sa femme au troisième trimestre.

Vrai et faux : certains adorent les rondeurs et le côté maternel de leur femme, alors que d'autres seront justement bloqués par ces deux aspects et n'auront plus de libido jusqu'à l'accouchement. Dans les deux cas, rien n'est anormal.

Vrai ou faux ? Un rapport sexuel peut provoquer l'accouchement.

Faux : la pénétration ainsi que l'éjaculation ne provoquent pas d'accouchement, à partir du moment où il n'y a aucune contre-indication. Donc, si le professionnel qui vous suit ne vous a rien dit, vous pouvez faire tout ce que vous voulez !

Conseils : adoptez les bonnes positions

Si malgré tout vous avez envie d'avoir des rapports sexuels, il va falloir prendre des positions adaptées à cette fin de grossesse. Vous l'avez remarqué, quand on enregistre le cœur de votre bébé, la sage-femme vous met souvent sur le côté gauche pour éviter que vous soyez trop sur le dos, et ce afin de ne pas entraver la circulation sanguine. Et même dans votre vie quotidienne, vous savez quelles positions avoir pour vous sentir au mieux.

Les positions les plus adaptées lors des rapports sexuels en fin de grossesse sont celles où vous ne serez pas trop gênée par le poids de votre ventre et où vous vous sentirez à l'aise. Ainsi, la position du missionnaire est à proscrire. Par contre, celles où vous êtes au-dessus de votre homme ou sur le côté gauche (en cuillère) sont excellentes ! En plus, elles ont l'avantage de donner pleinement accès à vos seins, s'ils ne sont pas trop tendus et sensibles. Vous pouvez laisser libre cours à votre imagination quant aux positions, tant que vous n'êtes pas trop longtemps sur le dos.

Enfin, pour celles d'entre vous qui n'ont aucune envie sexuelle, essayez de maintenir (comme toujours !) de la tendresse et des moments à deux. La fin de grossesse est une période compliquée, donc, ne vous forcez pas.

Des cas pas si particuliers que cela…

En dehors de cette description classique de l'évolution de la libido en fonction des trimestres de la grossesse, il existe d'autres situations que nous devons aborder, car elles ne sont pas si rares et elles peuvent créer des questionnements chez les futurs parents.

Je vous ai déjà parlé de la première expérience de l'orgasme chez les futures mamans. Eh bien, sachez qu'elle peut être déstabilisante pour les deux membres du couple. Pour le comprendre, voici ce que certaines de mes patientes m'ont relaté. En premier lieu, elles sont heureuses d'obtenir un orgasme, mais ensuite viennent la culpabilité et les doutes : pourquoi cela arrive pendant la grossesse ? N'auraient-elles pas pu l'avoir avant ou tout du moins consulter un sexologue ? Et si ces orgasmes n'avaient lieu que pendant la grossesse, comment vont-elles gérer après l'accouchement ? De même, les conjoints peuvent se dévaloriser en se demandant ce qu'ils n'ont pas fait avant pour que leur femme n'ait pas d'orgasme. Sont-ils incompétents ou maladroits ? Vous le voyez, alors que cela devrait être une excellente nouvelle, l'obtention du premier orgasme durant la grossesse peut nécessiter un accompagnement afin de désamorcer des sentiments déstabilisants.

Nous avons ensuite des exemples de couples qui soit maintiennent durant la grossesse leur sexualité d'avant celle-ci (ce qui est tout de même assez rare), soit l'arrêtent complètement pour différents motifs propres à chacun : angoisses trop fortes chez les deux partenaires, fausses croyances sur la sexualité, contre-indication médicale, croyances religieuses, arrêt des pénétrations uniquement… Généralement, ces couples ne consultent pas car ils vivent très bien leur décision : cela démontre encore une fois que chaque cas est particulier.

Je finirai par une situation assez cocasse mais peu fréquente : celle où la libido de la future maman est exacerbée, au point que son homme a du mal à suivre ! Je me souviens de ce couple qui m'avait consultée : la femme était enceinte de cinq mois, avait une libido au plafond, et son compagnon ne pouvait pas avoir plus d'un rapport sexuel par jour alors qu'elle en demandait beaucoup plus. Ils sont venus me voir afin que je puisse leur donner des solutions et des réponses à leurs questions. Après les avoir rassurés tous les deux, la masturbation et l'utilisation de sextoys semblaient appropriées pour cette future maman.

La grossesse n'étant pas un long fleuve tranquille, vous voyez que toutes les situations sont possibles et qu'aucune n'est anormale, tant que le couple est sur la même longueur d'onde au niveau de la communication, de la tendresse et des attentions. Et comme la sexualité durant la grossesse ne présage en rien de celle d'après l'accouchement, nous laissons les futurs parents tranquilles.

Conseils : consultez un sexologue en cas de doute

Même pendant la grossesse, vous pouvez consulter un sexologue pour poser des questions ou demander des astuces si vous avez des doutes. Cela vous permettra non seulement de libérer votre parole et celle de votre compagnon en présence d'un tiers, mais en plus, cela dédramatisera ce que vous vivez. Car, n'oubliez pas, il n'y a pas de « norme », pas de « case », sauf celles que vous vous mettez !

La naissance : entre orgasme et débandage !

Voilà le jour tant attendu de la naissance, point culminant de la grossesse, à mettre en parallèle avec celui du cycle de la réponse sexuelle : l'orgasme ! Car ensuite, tout va redescendre : l'érection et l'excitation sexuelle, comme les tensions et les angoisses de la grossesse. Vous pensez que c'est une analogie surprenante ? Pas tant que ça car tous les deux sont des moments particuliers où des éléments extérieurs peuvent venir perturber leur déroulement et leur suite.

L'accouchement peut avoir des conséquences non seulement sur la reprise des rapports sexuels, mais aussi sur la sexualité des jeunes parents, même plusieurs mois après. C'est pourquoi il est important de connaître les modalités de celui-ci, ainsi que son vécu, pour comprendre certains troubles sexuels du post-partum, immédiats ou plus lointains.

Voies haute ou basse : est-ce si important ?

Comme il n'est pas question de faire un précis d'obstétrique, je me contenterai de vous exposer brièvement les deux modes d'accouchement, afin que nous passions rapidement aux questions que vous vous posez toutes sur leur influence quant à la sexualité.

La voie haute désigne la naissance par césarienne, les organes génitaux sont donc intacts. La voie basse est un accouchement par les voies naturelles, ce qui implique que les organes génitaux peuvent être soit intacts, soit subir des déchirures naturelles, soit nécessiter la pratique d'une épisiotomie pour aider le bébé à sortir. Dans ces deux derniers cas, les femmes auront des fils et une cicatrice sur leur périnée.

Les suites de la naissance dépendent des voies d'accouchement. Une césarienne est une opération, les jeunes mamans auront des soins et des règles à respecter pendant un certain temps (être allongées, ne pas porter de charges lourdes…). Pour les accouchements par les voies naturelles, les femmes sont debout très vite et peuvent effectuer la plupart de leurs tâches quotidiennes. Généralement, les fils de l'épisiotomie tombent seuls. La grande différence entre les deux voies d'accouchement réside ainsi dans l'autonomie des jeunes mères. Reste donc à savoir si la sexualité va être impactée : nous allons pour cela l'aborder avec les idées reçues afin de répondre à toutes vos questions.

Idées reçues

Vrai ou faux ? La cicatrice de la césarienne gêne au moment des rapports sexuels.

Faux : même s'il est vrai qu'elle est sensible dans les premiers temps des suites opératoires, dès que la cicatrisation est bien faite, vous ne la sentirez plus. Les nouvelles techniques opératoires sont maintenant performantes et aident les femmes à ne plus y penser, au même titre que la cicatrice d'appendicite !

Vrai ou faux ? Quand on a une césarienne, on ne saigne pas.

Faux : quel que soit le mode d'accouchement, vous aurez des saignements vaginaux un certain temps.

Vrai ou faux ? Les premières pénétrations font moins mal quand on a eu une césarienne.

Vrai : mais attention, une césarienne implique non seulement une cicatrice sur votre peau, mais aussi au niveau de votre utérus. Les premières pénétrations doivent donc être douces et se faire dans de bonnes conditions d'excitation pour qu'il n'y ait aucune douleur.

Vrai ou faux ? Césarienne un jour, césarienne toujours.

Faux : il est vrai que si vous avez accouché par césarienne lors de votre premier accouchement, vous avez plus de chances d'avoir une césarienne à nouveau lors du deuxième, mais c'est l'équipe médicale qui évaluera la situation au moment de votre prochaine grossesse.

Vrai ou faux ? Mieux vaut avoir une césarienne afin de préserver son vagin.

Faux : une césarienne reste une intervention, avec les risques inhérents à celle-ci. Une bonne rééducation périnéale est très efficace pour retrouver ses organes et leurs sensations.

Vrai ou faux ? En accouchant par les voies naturelles, le vagin s'élargit et ne retrouvera jamais sa taille d'avant.

Faux : si vous faites une rééducation, votre vagin redeviendra comme avant. Ce n'est qu'à partir du troisième bébé que le vagin est très légèrement modifié.

Vrai ou faux ? L'épisiotomie reste toujours un peu sensible.

Faux : normalement, vous ne la sentirez plus au bout de quelque temps. Elle peut rester sensible quand il y a eu des complications, mais des médicaments sont là pour vous aider.

Vrai ou faux ? L'épisiotomie peut se rouvrir en cas de rapport sexuel.

Faux : la désunion de la cicatrice est une chose très rare, et ne doit pas vous inquiéter, car il y a toujours des signes avant-coureurs qui alerteront votre sage-femme.

Conseils : se préparer à l'accouchement

Il est indispensable que vous soyez préparée à l'accouchement. Pour cela, vous avez plusieurs possibilités : posez vos questions au professionnel qui vous suit, choisissez les cours de préparation à l'accouchement qui vous ressemblent, allez visiter la maternité en demandant son organisation (qui est présent à l'accouchement, les horaires de visite…). Plus vous serez préparée, plus vous aborderez la naissance avec sérénité. Le mieux est de le faire avec le futur papa, car il n'aura peut-être pas les mêmes questions que vous !

Quel que soit le mode d'accouchement, sachez que les répercussions sur la sexualité seront minimes, sauf en cas de complications. C'est sûrement ce que vous avez toutes entendu : « Une épisiotomie, c'est l'horreur, j'ai toujours mal depuis », ou bien « La cicatrice de ma césarienne me gêne tellement qu'on ne peut plus faire la position du missionnaire », ou encore « Depuis que j'ai accouché, je ne ressens plus rien ». Il s'agit souvent d'un symptôme alibi pour ces femmes, car peu d'entre elles ont réellement un souci médical à leur trouble. La sexualité est une question de ressenti avant tout, surtout après un accouchement. C'est pourquoi il faut être bien préparée et surtout entreprendre la rééducation du périnée qu'on vous a prescrite. Au niveau médical, peu de complications peuvent entraver la sexualité dans le post-partum. Par contre, au niveau psychologique, c'est une autre histoire…

Le vécu de l'accouchement : *deep impact* !

Le vécu de l'accouchement, par son empreinte émotionnelle tant pour la future mère que pour le futur père, aura un impact déterminant sur la vie sexuelle du couple. Si, dans le corps d'une femme, tout est prêt et prévu par la nature pour accoucher, au niveau psychique, ce n'est pas aussi simple… sans compter les éventuelles complications et la douleur.

Quand les mots comptent

Attardons-nous un peu sur la terminologie de la naissance. Tout d'abord le « travail », moment au cours duquel le col de l'utérus va s'ouvrir pour permettre au bébé de passer, grâce aux contractions utérines. Le travail est physiologiquement douloureux, le vécu de cette douleur peut être traumatisant pour les deux futurs parents, le père se sentant complètement impuissant face à elle. Puis vient l'avant-dernière étape de l'accouchement : la naissance proprement dite appelée tendrement « expulsion ». Enfin, tout est terminé quand le placenta sort : c'est ce que nous appelons la « délivrance ». Tous ces mots ont une connotation très dure et reflètent le caractère animal de cette mise au monde, où la douleur est au centre.

Avec l'analgésie péridurale, nous savons la soulager. Cependant, dans certains cas, la douleur sera tout de même présente et pourra avoir des conséquences sur la sexualité ultérieure. En effet, l'injonction biblique « Tu accoucheras dans la douleur » amène un sentiment de révolte et de culpabilité de l'« acte de chair » chez les femmes : il faut être deux pour concevoir un enfant, alors, pourquoi est-ce qu'il n'y a que les femmes qui souffrent pour rendre possible cette naissance ? Encore une fois, les hommes n'ont que du plaisir et jamais de douleur... C'est pourquoi il n'est pas rare que les futures mères soient agressives envers leur compagnon durant le travail. Et si elles vivent cette naissance comme une situation traumatique, elles pourront retarder la reprise de la sexualité afin de les punir. Sentiment inconscient bien évidemment, mais il faut bien que cette injustice se porte sur quelqu'un : les papas sont alors les premiers sur la liste...

Les futurs papas, parlons-en justement : ils pourront eux aussi retarder cette reprise, de peur de faire mal à leur femme, comme s'ils revivaient la douleur qu'elles ont subie au moment de l'accouchement. Mais ce n'est pas la première cause de leur angoisse. En effet, si l'accouchement s'est fait par les voies naturelles, il n'est pas rare qu'ils ressentent un sentiment d'impuissance. Je m'explique : pour certains, le passage du bébé par le vagin peut être un vrai traumatisme. Comment pourront-ils pénétrer et donner du plaisir à leur femme, alors qu'un bébé est passé par là ? Comment peuvent-ils rivaliser ? Dans leur tête, le vagin va être comme béant, alors, ce n'est pas leur pénis qui va pouvoir combler ce vide... Cette peur viscérale peut complètement les bloquer, en provoquant soit une perte de libido, soit des problèmes d'érection. Il faut alors en parler avec un professionnel avant que ces troubles ne s'installent dans la durée.

Cela nous amène à parler de la présence des papas à l'accouchement, car finalement, s'ils n'y assistent pas, ils n'auront pas ces troubles ! Malheureusement, ce n'est pas si simple que cela. Tout d'abord, la naissance se vit à deux, donc si un papa veut être présent, c'est tout à fait légitime si certaines règles sont respectées. Je peux paraître un peu directive, mais l'expérience montre qu'elles réduisent considérablement les risques de troubles sexuels. Ces règles sont simples et tombent sous le sens : l'homme reste au niveau de la tête de sa femme quand elle accouche. Ainsi, il ne voit pas la sortie du bébé et cette « béance vaginale ». Cela ne l'empêche pas de couper le cordon, mais voir l'expulsion n'est pas une bonne idée.

Douleur, expulsion, traumatisme, interventions éventuelles comme l'épisiotomie, les forceps ou la césarienne… Quelles réjouissances ! Mais il nous reste encore une chose à aborder et pas des moindres : l'angoisse de mort face à l'accouchement. Elle est toujours présente, consciemment ou non, et peut avoir des répercussions sur l'état psychologique ultérieur. En effet, si l'état de la future maman est inquiétant (hémorragie de la délivrance, par exemple) ou si le bébé présente une souffrance, ces angoisses sont activées et peuvent provoquer par la suite de réelles dépressions que nous aborderons dans le prochain chapitre.

Vous l'aurez compris, le vécu de l'accouchement impacte directement non seulement notre psychisme, mais aussi notre sexualité. Si, dans la majorité des cas, tout se passe bien, il faut quand même garder à l'esprit qu'une naissance influence la vie intime des nouveaux parents.

Idées reçues

Vrai ou faux ? Le papa doit être présent à l'accouchement.

Faux : ne jamais obliger un homme à assister à une naissance s'il n'en a pas envie. C'est le meilleur moyen de le traumatiser. Dans ce cas, vous pouvez demander à une autre personne d'être présente : votre mère, votre sœur, une amie… À vous de choisir, mais ne culpabilisez pas votre homme ! Gardez tout de même à l'esprit que, pendant des siècles, l'accouchement était une affaire de femmes.

Vrai ou faux ? Le papa doit couper le cordon.

Faux : l'équipe le lui propose toujours, mais libre à lui d'accepter ou pas. Cette « participation » à l'accouchement n'est pas indispensable, et ce n'est pas pour cela qu'il sera un mauvais père !

Conseils : y réfléchir ensemble

Pour que tout se passe pour le mieux, je vous conseille de bien vous renseigner auprès de l'équipe de votre maternité afin de connaître les possibilités qui s'offrent à vous. Ensuite, vous en discutez en couple en gardant à l'esprit que l'idéal est d'accueillir votre bébé ensemble, avec le papa qui reste à la tête de sa femme. Ainsi, vous voyez tous les deux la même chose et au même moment !

Et après ? Un peu de psychologie pour mieux rebondir !

La grossesse s'est finie par la naissance du bébé tant attendu. Nous entrons maintenant dans la dernière phase du cycle, avant d'entamer une nouvelle vie à trois (ou plus !). La phase de résolution peut être assimilée à la période du post-partum immédiat, c'est-à-dire la première semaine après l'accouchement, qui correspond au séjour à la maternité et au retour à la maison. Le passage de femme enceinte à jeune maman est délicat à négocier au niveau psychologique. Car si la grossesse a induit des chamboulements, vous allez voir que le post-partum n'est pas en reste ! Nous allons nous plonger dans cette psychologie si particulière du devenir mère.

Les premiers jours : à ne rien y comprendre !

Vous sortez de la salle de naissance et entrez dans votre chambre en maternité, certes fatiguée mais tellement heureuse. Et là, c'est une nouvelle vie qui commence dès votre hospitalisation : recevoir le personnel en nombre (sages-femmes, auxiliaires puéricultrices, infirmières, médecins…), gérer le quotidien du bébé (bain, tétées, changes, pleurs…), apprendre tout ce qu'il faut savoir et mettre en pratique en un temps record, avoir le temps de s'occuper un minimum de soi (se laver, changer ses protections…) et surtout être en forme lors des visites des proches. Bref, un vrai parcours du combattant, mais avec un certain handicap puisque vous venez juste de finir le marathon de l'accouchement.

Première désillusion : tout le monde a minimisé les suites immédiates de la naissance, à savoir la fatigue, les saignements constants, les aléas de l'allaitement, les éventuelles douleurs. Et encore, il ne s'agit que du point de vue médical et non psychologique…

Deuxième désillusion : là aussi on ne vous a pas tout dit, car un bébé, c'est hypertechnique à gérer ! Entre le rythme tétées, couches, dodo, bain, soins et la gestion des pleurs, personne ne vous a donné le mode d'emploi. Alors, vous faites comme vous pouvez, en essayant de comprendre ce qu'on vous dit et d'appliquer bien sagement les consignes souvent contradictoires d'un professionnel à l'autre. Je dis « contradictoires » car c'est ce que nous rapportent les jeunes mamans. En fait, prenez ces conseils comme une chance, écoutez-les et retenez ceux qui vous correspondent le mieux.

Troisième désillusion : vous aviez entendu parler du « baby blues », mais le vivre, c'est autre chose ! Vous pensiez passer entre les mailles du filet alors qu'il touche une femme sur deux ? Dommage, c'est tombé sur vous et il va falloir le gérer.

Conseils : faites ce que vous pouvez

Malheureusement, il n'existe pas de guide pratique pour bien s'occuper d'un bébé ! Vous venez d'être maman, cela s'apprend jour après jour, si ce n'est pas année après année… Alors laissez-vous du temps pour intégrer les gestes et décoder les messages. L'équipe soignante est présente pour vous : n'hésitez pas à la solliciter.

Bébé est là : et moi, et moi, et moi…

Comprendre le « baby blues »… Pas si facile et pourtant très fréquent, c'est un paradoxe quand on y pense : on devrait être les plus heureuses du monde, mais des sentiments contradictoires et des angoisses sont sur le devant de la scène. Qu'en est-il ?

Tout d'abord, sachez qu'il s'agit d'un événement banal et bénin : il survient le deuxième ou troisième jour après l'accouchement et dure quelques jours seulement. Voici ses symptômes : fatigue, sentiments d'incompétence dans son rôle de nouvelle maman, ruminations permanentes, crises de larmes avec une hyperémotivité, déprime… Par conséquent, la moindre contrariété prendra des proportions énormes, et la jeune maman sera bouleversée par un geste ou une parole mal interprétés.

Beaucoup de thèses sont avancées pour en comprendre l'origine : la thèse médicale avec la chute hormonale et les thèses psychologiques qui peuvent se recouper. Vous pourrez alors vous reconnaître dans l'une d'entre elles et ainsi mieux comprendre ce que vous avez vécu.

La première concerne la chute de la tension émotionnelle de l'accouchement, associée à la fatigue qu'il a engendrée, mais aussi à la fatigue due au rythme imposé par le bébé. Tout cela contribue à la formation d'un état de stress et d'angoisse quant à sa capacité à bien s'occuper de son enfant.

La deuxième thèse est un phénomène psychologique profond et non conscient : se séparer d'une partie intégrante de soi pendant neuf mois peut être ressenti comme un traumatisme et induire un sentiment de vide, de solitude. D'autant plus si tous les regards sont maintenant tournés vers le bébé, et non vers la maman, comme elle en avait l'habitude durant la grossesse.

Enfin, la dernière thèse concerne les sentiments ambivalents envers son bébé. Quand ils sont trop présents, ils provoquent un tel désarroi chez la maman qu'elle se retrouve dans un état de culpabilité et de tristesse. Cela passe en quelques jours, grâce au dialogue avec l'équipe soignante et une reprise de confiance en soi.

Il est très important pour nous d'identifier les mamans qui font un « baby blues », afin qu'il n'évolue pas vers une dépression du post-partum, qui, pour le coup, aura des répercussions directes sur la sexualité des jeunes parents. Nous l'aborderons dans un autre chapitre *(voir p. 123)*.

Et les papas ? Comme tout est centré sur les mères et les bébés, ils sont encore et toujours les grands oubliés du post-partum immédiat. Or, eux aussi peuvent ressentir des choses pas simples à gérer : rentrer le soir seuls en laissant leur femme et leur bébé, être à l'écoute, filtrer les visites, prendre conscience que plus rien ne sera comme avant… Qui les écoute ? Ils se retrouvent très souvent seuls, entre fierté et angoisses face à leur femme devenue mère. C'est pourquoi certains peuvent sortir le soir quand leur femme est encore à la maternité. Il ne faut pas leur en tenir rigueur, car c'est un moyen efficace d'évacuer les tensions et de pouvoir parler à ses amis.

Idées reçues

Vrai ou faux ? Toutes les femmes ont un « baby blues ».

Faux : il touche une femme sur deux en moyenne.

Vrai ou faux ? Si j'ai un « baby blues », j'aurai une dépression du post-partum.

Faux : ce n'est pas du tout corrélé.

Vrai ou faux ? Un « baby blues » impacte la vie sexuelle ultérieure.

Faux : il ne dure que quelques jours donc il n'influence en rien la reprise de la sexualité.

Conseils : se préparer au mieux

Voici quelques conseils pour que votre séjour en maternité se passe au mieux :

- Posez toutes les questions à l'équipe soignante : elle est là pour vous, et aucune question n'est idiote.
- Regardez votre cicatrice avec les soignants pour commencer à vous familiariser avec elle.
- N'hésitez pas à laisser votre bébé en nurserie une ou deux nuits si cela est possible et si vous vous sentez trop fatiguée : ce n'est pas pour autant que vous êtes une mauvaise mère !
- Hiérarchisez les visites de vos proches : bébé vient d'arriver, ils auront tout le temps pour le voir.

De même pour votre retour à la maison, demandez de l'aide au papa, reposez-vous au maximum et étalez les visites. Ne devenez pas une Wonder Woman car vous risquez d'être très vite dépassée, d'autant plus que nous vivons maintenant dans un monde en constante mutation.

Partie 3

Que le jeu de rôle commence… Mère et femme tout à la fois !

C'est vrai qu'il s'agit d'un jeu de rôle de haute voltige qui nécessite une bonne connaissance non seulement de soi, mais aussi des entraves quotidiennes à la reprise de la vie intime. Une fois que vous les connaîtrez, vous pourrez mieux les appréhender et trouver des pistes pour les contrer, afin de renouer avec une vie sexuelle épanouie.

Mais vous allez voir que le chemin est long et parfois semé de pas mal d'embûches pour ne plus être uniquement une mère. C'est pourquoi nous allons aborder ensemble des points et des étapes essentiels que vous pourrez analyser seule et en couple.

Une fois le côté médical dédiabolisé, c'est l'aspect psychologique qui prend le dessus en nous mettant des bâtons dans les roues. Eh oui, nous sommes des femmes… C'est notre psychisme ainsi que la vision que nous avons de notre quotidien et de nous-mêmes qui sont des freins à la conciliation entre le fait d'être à la fois une mère et une femme, avec tout ce que ces deux rôles impliquent.

Mais encore une fois : pas de panique, rien n'est insurmontable !

À la rencontre de votre corps de mère

Connaître la physiologie des suites de l'accouchement est essentiel pour ne pas avoir peur de tous ces chamboulements dans votre corps, qui peuvent parfois avoir des répercussions sur votre moral et ensuite sur votre sexualité. De plus, comme beaucoup d'informations incomplètes ou erronées circulent, les jeunes mamans ont du mal à s'y retrouver et à faire la part des choses.

Et pourtant… Vous allez voir que ce n'est pas si compliqué : entre les souvenirs lointains de vos cours de biologie et ces explications simples, vous aurez toutes les cartes en main pour balayer les idées reçues !

Les hormones en folie ! Leur rôle sur la sexualité

Les deux hormones principales que sont les estrogènes et la progestérone diminuent fortement dans les jours qui suivent l'accouchement. C'est normal, elles étaient « au plafond » durant la grossesse, il va falloir qu'elles se régulent afin que vous puissiez de nouveau avoir vos cycles menstruels. Cette régulation peut prendre plusieurs semaines durant lesquelles on peut noter une baisse de libido et surtout un manque de lubrification. La prolactine (hormone de la lactation), quant à elle, augmente : elle peut induire une certaine fatigue et elle aussi une baisse de la libido. Quant aux autres hormones, elles influent très peu sur la sexualité.

Mais attention ! Ce n'est pas parce que ces trois hormones peuvent avoir des répercussions sur la libido ou la lubrification qu'il n'y a pas d'autres paramètres. En effet, le fait d'avoir accouché et s'occuper d'un bébé sont déjà des événements fatigants. Si, en plus, on inclut les remaniements psychologiques, tout cela provoque un mélange explosif qui entrave forcément la libido.

C'est d'ailleurs ce que l'on constate chez les mamans qui allaitent : généralement, leur libido est en berne pour plusieurs raisons. La prolactine est fortement augmentée, mais il ne faut pas oublier que le bébé est complètement dépendant de sa mère. Par conséquent, celle-ci va porter toute son attention sur lui, au détriment de son compagnon.

Idées reçues

Vrai ou faux ? Si j'allaite, du lait peut couler quand j'ai un rapport sexuel.

Vrai : il vaut mieux le savoir pour éviter d'être surprise ou gênée ! Il peut s'agir d'un simple écoulement, voire d'un jet de lait, surtout au moment de l'orgasme.

Vrai ou faux ? Le retour de couches, c'est quand les règles reviennent.

Vrai : ce n'est pas un très joli mot, mais c'est celui que nous employons quand les premières règles reviennent après un accouchement : généralement entre six et huit semaines quand unc femme n'allaite pas. Cela peut être plus long en cas d'allaitement maternel.

Vrai ou faux ? Après le retour de couches, la libido revient.

Vrai et Faux : au niveau physiologique, vu que les hormones sont de nouveau régulées, on pourrait en déduire que la libido revient. Mais cc n'est pas aussi simple que cela, car il ne faut pas oublier le côté psychologique, ainsi que la fatigue… Donc, tous les cas de figure sont possibles.

Conseils : aux oubliettes les hormones !

Même si ces trois hormones ont des répercussions sur la sexualité, celles-ci sont minimes par rapport à d'autres que nous allons voir. La question du moment de la reprise de la vie intime ne se pose donc pas vis-à-vis des hormones. Cependant, quelques conseils peuvent vous aider pour essayer de diminuer certains symptômes. Par exemple, concernant la fatigue, reposez-vous un maximum (dormez au même moment que bébé, journée comprise !), ayez une alimentation équilibrée et, pour la sécheresse vaginale, n'hésitez surtout pas à utiliser un lubrifiant.

Les organes génitaux : des amis en guérison qui vous veulent du bien !

Contrairement à ceux des hommes, nos organes génitaux se voient peu et sont l'objet de beaucoup de fantasmes et de peurs, encore plus après un accouchement avec les modifications qu'ils ont subies. Vous pouvez alors vous demander si, depuis la naissance, vos organes sont restés « normaux », ou s'ils ne peuvent pas gêner la reprise de votre sexualité. Voici toutes les réponses : du haut vers le bas !

Votre utérus pesait environ 1 500 grammes en fin de grossesse. Il va falloir qu'il revienne à sa taille et à son poids normal, qui se situe entre 60 et 90 grammes. Pour se faire, il va se rétracter grâce aux contractions utérines que nous appelons « tranchées » : elles sont plus ou moins douloureuses, surtout les premiers jours, mais ne vous inquiétez pas, elles passent ensuite inaperçues. Par contre, elles sont accompagnées de saignements (les fameuses « lochies »), qui sont rouges et abondants au début, puis marron : ils peuvent durer plusieurs dizaines de jours. L'utérus retrouvera sa taille et son poids au bout de deux mois en moyenne.

Le col de l'utérus va devoir lui aussi reprendre sa forme en cas d'accouchement par voie basse. Souvenez-vous, la sage-femme vous parlait de dilatation pendant le travail : c'est le col de l'utérus qui s'ouvre pour laisser passer le bébé, en se dilatant complètement (jusqu'à 10 cm). Eh bien, sa fermeture se fait rapidement, en une semaine généralement.

Le vagin va progressivement retrouver sa forme normale, grandement aidé par la rééducation du périnée. Quant à la vulve, elle aussi va se refermer progressivement : juste après l'accouchement, elle peut vous sembler très ouverte, mais ne vous inquiétez pas, elle redeviendra comme avant avec le temps et une bonne rééducation.

Sachez enfin qu'il faut en moyenne trois mois pour un retour à l'état antérieur pour tout votre organisme : eh oui, il est lent mais efficace !

Idées reçues

Vrai ou faux ? On a plus d'infections vaginales dans le post-partum.

Faux : les signes d'infection et surtout les causes sont exactement les mêmes qu'à une autre période. Ce n'est pas parce que vos organes génitaux reprennent leur forme qu'ils sont plus sensibles.

Vrai ou faux ? Les rapports sexuels sont contre-indiqués tant qu'on saigne.

Faux : cette idée reçue venait des éventuels risques d'infection. Or, il n'y en a pas plus, donc si vous avez envie d'avoir un rapport sexuel malgré quelques lochies et que cela ne gêne pas votre homme, pas de souci !

Conseils : repos puis rééducation

La rééducation périnéale vous sera prescrite lors de votre visite postnatale : jusque-là, reposez-vous et laissez faire la nature, donc pas de sport ! Par contre, les saignements ne vous empêchent pas de réaliser vos tâches quotidiennes ; vous verrez, ils diminuent assez vite. Évitez juste de mettre des tampons avant votre retour de couches. Si vous le pouvez et en avez envie, regardez votre vulve et son évolution au fil des jours : cela vous rassurera.

Le sexe malgré les cicatrices : entre mythes et réalité

Épisiotomie, déchirure, cicatrice de césarienne… Voici tout ce que vous devez savoir pour les démystifier et éviter de stresser !

L'épisiotomie est un acte médical effectué par la sage-femme ou l'obstétricien, dans certaines conditions. À l'aide de ciseaux, une ouverture est faite pour aider le bébé à sortir. Vous aurez donc des fils au niveau du vagin et de la peau : la cicatrice du vagin ne se voit pas, seule celle sur la peau est visible.

La déchirure n'est pas un acte médical : elle se fait naturellement quand le bébé sort et est surveillée par la sage-femme, qui finalement laisse faire la nature en évitant d'intervenir. Cependant, il faudra bien qu'elle recouse ; vous aurez donc une cicatrice sur votre peau et/ou dans le vagin, en fonction de l'endroit de la déchirure.

Nous voilà au cœur du problème, ces fameux fils sur vos organes génitaux, qu'ils soient la conséquence d'une épisiotomie ou d'une déchirure, vont alimenter grand nombre de fantasmes : douleur, infection, désunion (ouverture de la cicatrice), sexe défiguré… Bref, tout y passe ! Alors pour vous y retrouver, commençons par des explications médicales avant de nous intéresser aux conséquences sur votre sexualité.

Sachez tout d'abord que les fils sont résorbables, c'est-à-dire qu'ils vont tomber tout seuls en quelques jours : la gêne plus que la douleur part avec eux ! Vous devez simplement faire les soins que la sage-femme vous a expliqués jusqu'à ce qu'ils tombent. S'ils sont faits correctement, il n'y a aucune raison d'avoir une infection ou que la cicatrice se désunisse : ce sont des cas rarissimes. Quant au mythe du « sexe défiguré », je vous conseille de le regarder d'abord avec votre sage-femme en maternité au moment de l'explication des soins, et ensuite tranquillement chez vous, afin de vous réapproprier cette zone. Il s'agit d'une cicatrice, donc pas de panique : c'est vrai qu'elle peut être pénible à regarder, mais dites-vous que plus vous le ferez, et moins vous en aurez peur. Quand la cicatrisation sera complètement finie, il restera juste une fine cicatrice.

Concernant la césarienne, la seule différence est que sa cicatrice se situe sur le pubis. Elle ne touche pas les organes génitaux, mais les mêmes peurs peuvent être présentes. La convalescence est un peu plus longue, les soins sont plus délicats et les fils plus longs à se résorber ou à être enlevés. Cependant, là aussi les risques de complications sont rarissimes, il faut simplement appliquer à la lettre les conseils donnés lors de votre sortie de maternité.

Malgré ces explications, je sais que certaines d'entre vous ne seront pas rassurées et auront toujours de grosses réticences quant à la reprise de la sexualité. C'est tout à fait compréhensible car c'est une chose de faire ses soins et de bien cicatriser, mais c'en est une autre de mettre à l'épreuve sa cicatrice lors d'un rapport sexuel. Toutes les angoisses vont être ravivées : la douleur, les saignements, la désunion. Alors, il va falloir que vous y alliez doucement, par étapes : voici quelques conseils pour vous y préparer.

Conseils : pas de panique !

Certes, vous avez une cicatrice, mais ce n'est pas la fin du monde ! Une fois les soins effectués et les fils tombés, vous pouvez, si vous le souhaitez, reprendre votre vie intime. Le « si vous le souhaitez » est le plus important : en effet, si vous n'avez pas envie, la lubrification sera insuffisante et il y a fort à parier que la reprise de votre sexualité sera compliquée. Car au niveau médical, il n'existe aucune contre-indication à la reprise des rapports sexuels une fois que les fils ne sont plus là.

Tout se passe alors dans votre tête et dans l'image que vous avez de cette reprise. Si vous vous sentez prête, que la tendresse est présente avec des préliminaires un peu plus longs que d'habitude, votre corps sera apte à être pénétré. N'hésitez pas à utiliser du lubrifiant les premières fois, cela vous rassurera. Quant aux positions, vous pouvez tout faire en cas d'accouchement par voie basse à partir du moment où vous y allez doucement et que vous êtes attentive à vos ressentis. Pour une césarienne, évitez le poids sur la cicatrice, donc la position en cuillère ou vous au-dessus sont parfaites !

Apprivoiser son nouveau corps en toute sérénité

Avec tout ce qui se passe après une naissance, pas étonnant que vous ayez du mal avec l'image de votre nouveau corps. Entre la dimension physique et la dimension psychique, pas facile de s'y retrouver ! Surtout avec le poids des médias et de l'entourage qui n'arrêtent pas de vous faire douter : toujours et encore cette fameuse norme… Voici quelques informations et astuces pour que vous puissiez appréhender cette période et votre corps en toute sérénité.

Il vous faudra plusieurs semaines pour que votre corps se remette de la grossesse et de l'accouchement. Et ce sans compter sur la fatigue qui n'aide pas à se sentir bien dans sa tête et dans son corps. D'emblée, oubliez l'idée d'être une super mère et une super femme en même temps, c'est mission impossible ! Il faut accepter le fait qu'après une naissance l'organisme n'est pas une machine et prend le temps qu'il faut pour récupérer.

Eh bien, c'est pareil pour vous : vous avez le droit d'être fatiguée, moins disponible, de mauvaise humeur, de vous sentir grosse, nulle, et j'en passe... Le mythe de reprendre le travail après son congé maternité en ayant un corps de rêve ou tout du moins le même corps qu'avant n'est qu'un leurre. La réalité est tout autre : il faut laisser du temps au temps, ce qui n'empêche pas de prendre soin de vous sans culpabiliser. C'est essentiel pour reprendre confiance en soi et avoir une bonne image de son corps. Certes, il est différent : les kilos en trop, les éventuelles vergetures, les formes qui changent (seins, fesses, cuisses), mais ce corps est le vôtre, c'est celui d'une jeune maman. Il faut donc en prendre soin et ne pas le malmener en faisant les choses trop rapidement.

Idées reçues

Vrai ou faux ? Un régime strict dès l'accouchement permet de retrouver sa ligne plus rapidement.

Faux : c'est le meilleur moyen pour être encore plus fatiguée ! Il est normal d'avoir des kilos en trop après une naissance : laissez votre corps se remettre et ayez une alimentation équilibrée sans faire de régime. Votre poids se stabilisera en quelques semaines.

Vrai ou faux ? Mon homme n'aimera pas mon nouveau corps.

Faux : vous allez être sûrement surprise, mais les hommes n'ont pas les mêmes préoccupations que nous sur le physique après un accouchement. Ils sont très tolérants et ne font des reproches que très rarement. Finalement, ce sont eux qui peuvent vous aider à bien négocier cette période ; alors, écoutez-les !

Conseils : être un peu égoïste…

Tout d'abord, relativisez tout ce que vous pouvez voir, lire ou entendre. Parlez plutôt à vos amies qui sont passées par là afin de ne pas vous sentir seule dans cette situation : vous verrez, cela vous aidera beaucoup.

Ensuite, la rééducation du périnée aura un double rôle : celui de poser des questions à votre sage-femme et d'avoir des conseils avisés de celle-ci, mais aussi de reprendre possession de votre corps grâce aux exercices.

Enfin, je vous propose ces quelques conseils qui vous aideront à apprivoiser et à accepter votre nouveau corps. Ils se réalisent dans votre salle de bains, pour prendre soin de vous. Le but est de vous laisser du temps pour vous uniquement, mais pas trop, ne vous inquiétez pas ! Du temps que vous auriez employé à autre chose, comme faire une lessive, le ménage, ranger… pendant que bébé dort. Eh bien, dorénavant, vous allez vous autoriser à prendre quelques minutes d'égoïsme pur.

Prenez soin de vous

Pour cela, plusieurs possibilités : si vous avez une baignoire, prenez un bain au moins une fois par semaine et faites un gommage, appliquez un masque, chouchoutez votre corps, il ne vous le rendra que mieux ! Vous pouvez aussi le faire sous la douche, en prenant tout simplement plus de temps que d'habitude : profitez de ce moment qui ne consiste pas seulement à vous laver. N'hésitez pas non plus à appliquer de la crème ou de l'huile sur votre corps : cela permet non seulement de bien l'hydrater, mais aussi et surtout de le toucher pour vous reconnecter à lui. Vous voyez, ce n'est pas si difficile, il suffit d'y penser et de le faire quand vous êtes sûre de ne pas être dérangée : il faut pour cela prévenir le papa que vous ne serez pas disponible pendant une petite demi-heure. Il sera heureux de s'occuper de bébé et content que vous preniez soin de vous.

Conseils pour les papas

Il me semble important de parler des papas, car ils sont les grands oubliés du post-partum, dans la continuité de la grossesse… Vous pouvez les trouver maladroits ou ne sachant pas comment faire, quoi dire, face à vos questionnements et à vos doutes. Sachez que c'est dur pour eux de trouver leur place et d'avoir la bonne attitude vis-à-vis de vous. N'oubliez pas qu'ils sont aussi perdus face à leurs nouvelles responsabilités. C'est pourquoi ces conseils sont pour eux, afin qu'ils puissent vous aider au mieux : passez-leur le livre et demandez-leur de lire ce qui suit, en leur disant que ça ne prendra que quelques minutes, car ils restent des hommes !

Cher papa, je sais que ce n'est pas simple pour vous d'être propulsé père d'un coup, alors que votre compagne a eu neuf mois pour s'y préparer et sentir votre bébé bouger et grandir dans son ventre. Son arrivée a tout chamboulé : votre organisation, la gestion de la fatigue, l'humeur de votre femme, votre nouveau rôle de papa… Bref, vous ne savez plus comment faire pour la soulager, la comprendre et retrouver des moments tous les deux.

La première chose est d'être à son écoute : elle a besoin de parler quand vous rentrez du travail, c'est important pour elle de partager ce qu'elle a fait durant sa journée avec bébé. Bien sûr, vous avez droit à votre « sas de décompression » : prévenez-la tout simplement pour qu'elle ne le prenne pas mal. Prenez une douche, appelez un ami, jouez à un jeu… À vous de trouver ce qui vous détendra le plus pendant une petite demi-heure. Puis, une fois détendu, écoutez-la vous raconter sa journée, réconfortez-la, faites comme si tout était comme avant la naissance, c'est-à-dire racontez, vous aussi, votre journée, parlez-lui de l'extérieur de votre foyer. Car n'oubliez pas qu'elle est toute la journée avec votre bébé, ce n'est pas facile pour elle.

Puis n'hésitez pas à lui demander sur quoi vous pouvez la soulager, dans la limite de ce que vous savez faire bien sûr : ne vous lancez pas dans la préparation d'un plat compliqué, par exemple ! Donner le bain, étendre une lessive, s'occuper de bébé pour qu'elle ait un peu de temps toute seule, faire quelques tâches ménagères…

Des petites choses qui pour votre compagne seront énormes.

Enfin, la nuit est souvent compliquée avec un bébé : proposez-lui de vous en occuper quand vous ne travaillez pas le lendemain, afin qu'elle puisse faire une nuit complète de sommeil. Même si vous ne le faites qu'une fois par semaine, je peux vous assurer que ce sera bénéfique non seulement pour elle, mais aussi pour vous, car le partage des moments de nuit avec votre bébé est différent de ceux partagés le jour.

Vous voyez, rien d'insurmontable, mais ce ne sont que des conseils : à vous de trouver d'autres astuces pour la soulager et la soutenir au mieux. Vous la connaissez par cœur, alors vous savez mieux que quiconque ce qui lui convient : suivez votre instinct ! Et ne vous inquiétez pas, cette période ne dure qu'un temps, vous retrouverez vos moments de complicité.

Libido et post-partum : amis, ennemis

Vous l'avez compris, la libido est présente quand vous vous sentez bien, aimée, désirée, sans trop de fatigue ou de tracas quotidiens. Mais après une naissance, il est évident qu'elle ne sera pas tout de suite au rendez-vous, surtout quand la psychologie s'en mêle ! Voici donc quelques points de repère afin que vous puissiez mieux comprendre ce qui se joue dans cette période si particulière.

Dépression du post-partum : libido en berne

La dépression du post-partum est une vraie maladie psychique, qui n'a rien à voir avec le « baby blues ». En effet, elle a les mêmes signes qu'une dépression classique (tristesse intense, fatigue, perte d'intérêt pour les activités quotidiennes, pleurs, perte de l'élan vital, baisse ou arrêt de la libido), sauf qu'elle est liée au fait de devenir maman. Vous pourriez penser que c'est paradoxal, car toutes les mères devraient être heureuses, mais la réalité est tout autre puisqu'elle concerne un peu plus de 10 % des femmes. Elle peut toucher n'importe quelle nouvelle maman, avec ou sans antécédent psychologique, dans les toutes premières semaines après une naissance, et peut s'installer dans la durée si elle n'est pas prise en charge.

Pour illustrer mes propos, je vous propose un exemple concret avec l'histoire de Sabine. Elle a 28 ans, est en couple depuis plus de cinq ans et donne naissance à un petit garçon en parfaite santé, par les voies naturelles. Sa grossesse et son accouchement se sont très bien passés, les suites de couches en maternité également, sans « baby blues ». Mais environ trois semaines après, elle ressent une fatigue et une tristesse intenses, n'a plus envie de rien, a du mal à s'occuper de son fils, pleure régulièrement et n'a qu'une envie : rester dans son lit. Même le simple fait de se laver ou de manger devient difficile pour elle. C'est son compagnon qui en parlera à la sage-femme pour demander des conseils, et c'est comme cela que sera diagnostiquée une dépression du post-partum.

Sabine n'avait jamais eu d'épisode dépressif auparavant, elle menait une vie heureuse et épanouie dans son couple. Qui aurait pu penser qu'une dépression du post-partum lui tomberait dessus ? Surtout pas elle en tout cas… Heureusement, seule une psychothérapie lui a permis de s'en sortir en quelques semaines.

Vous voyez ainsi que cela peut toucher toutes les jeunes mamans, mais c'est tellement honteux et culpabilisant pour elles qu'elles n'osent pas en parler. L'entourage voit le malaise, mais ne comprend pas forcément. Dans le cas de Sabine, son compagnon a été à son écoute et a pu alerter un professionnel.

Idées reçues

Vrai ou faux ? Toutes les femmes ont une dépression du post-partum.

Faux : elle est beaucoup moins fréquente qu'un « baby blues » et, surtout, elle a des signes bien spécifiques.

Vrai ou faux ? Si je me sens triste, c'est que j'ai une dépression du post-partum.

Faux : il faut un ensemble de signes pour pouvoir diagnostiquer cette maladie. Seul un professionnel peut le faire.

Vrai ou faux ? En cas de dépression du post-partum, la libido diminue.

Vrai : non seulement elle diminue, mais elle peut aussi être à l'arrêt. C'est normal, car il s'agit aussi d'un signe classique de dépression, associé à d'autres bien sûr.

Vrai ou faux ? Si j'ai déjà eu une dépression ou des troubles anxieux, je ferai une dépression du post-partum.

Faux : ce n'est pas corrélé avec vos antécédents car elle peut toucher n'importe quelle femme (souvenez-vous de Sabine…).

Conseils : consultez pour en parler

Si vous ressentez les symptômes d'une dépression, même en cas de doute, il faut absolument que vous en parliez à votre médecin traitant ou à votre sage-femme. N'ayez surtout pas honte d'en parler car il s'agit d'une maladie, vous n'y êtes pour rien. Et comme toute maladie, elle a une prise en charge bien spécifique, consistant à suivre une psychothérapie, et éventuellement un traitement.

Enfin, dites-vous que tant que vous ne vous sentirez pas mieux psychologiquement, la libido ne reviendra pas. Ne vous inquiétez pas, nous savons parfaitement prendre en charge ce type de dépression : en quelques semaines, vous serez de nouveau vous-même.

Couple mère-bébé : la préoccupation maternelle primaire

Nous aimons bien mettre des termes compliqués sur un mécanisme psychologique simple. La preuve avec cet exemple : Lisa est l'heureuse mère d'une petite Emma qui a 4 mois. Elle a repris le travail depuis peu et gère très bien son côté professionnel et son côté maman : un peu trop même… C'est-à-dire que tout tourne autour d'Emma : dès qu'elle rentre, il n'y en a que pour elle car ne la voyant plus la journée, elle lui manque beaucoup. Bruno, son compagnon, se sent complètement mis de côté : c'est à peine s'il peut s'occuper de sa fille, Lisa anticipant tous ses besoins. Leur vie intime ? Plus rien car Lisa est fatiguée et donne tout son temps à Emma qui lui apporte tant.

Finalement, tout se passe comme si Lisa était remplie d'amour, comblée dans tous les sens du terme : alors la sexualité, à quoi bon ? Voilà donc ce qu'est la préoccupation maternelle primaire : la jeune maman est en symbiose avec son bébé, plus rien d'autre ne compte. Si ce mécanisme psychologique est normal durant les premières semaines de vie, il ne faut pas pour autant qu'il prenne toute la place. En effet, le bébé demande et donne beaucoup à sa mère, mais celle-ci ne doit jamais oublier que le papa existe et que lui aussi a besoin d'attention. Si elle reste trop centrée sur son enfant, la libido ne pourra pas revenir puisqu'elle est déjà comblée.

Conseils : revenir vers son compagnon

Il est bien évidemment hors de question de mettre son bébé de côté pour privilégier sa relation de couple ! Cependant, la préoccupation maternelle primaire peut tout à fait coexister avec une vie à deux. L'essentiel est alors de faire attention à l'autre, au même titre que l'on fait attention au bébé.

Par exemple, quand il dort, passez des moments avec votre compagnon plutôt que de faire le ménage ou préparer des choses pour bébé : à bien y réfléchir, vous verrez que vous pouvez les remettre à plus tard pour partager un moment à deux, aussi court soit-il.

Exercez-vous au jeu des différences

Faites ce petit exercice : trouvez les différences entre le plaisir que vous prenez à être dans les bras de votre homme et celui que vous prenez avec votre enfant. Vous allez vite vous rendre compte que vous avez besoin des deux ! Une dernière chose : si vous en avez la possibilité, ne faites pas dormir votre bébé dans votre chambre. Tout d'abord, c'est bien qu'il ait un espace à lui, mais aussi, vous serez plus sereine et disponible pour un éventuel rapprochement sensuel et/ou sexuel.

Le manque de transmissions et l'isolement dans notre société

C'est un point important à aborder car il impacte directement le bien-être et les connaissances des jeunes mamans. Avant, les familles vivaient ensemble ou à côté : il n'était pas rare d'avoir plusieurs générations sous le même toit. De nos jours, elles sont souvent explosées aux quatre coins de la France. Il est alors difficile de vivre isolé de sa famille, surtout à des moments particuliers comme une naissance. Les transmissions entre les générations sont plus compliquées. Or, ce sont elles qui sont indispensables aux jeunes mères : elles demandent et reproduisent ce qu'on leur a appris ou ce qu'elles ont vu. Si leur propre mère est peu présente physiquement, il leur sera alors très difficile de surmonter certains tracas quotidiens avec leur bébé. La solitude et l'isolement guettent : elles se sentent perdues, seules.

La dépression n'est pas loin si les liens familiaux sont inexistants. C'est pour cela que vous pouvez entendre de jeunes mamans dont les mères sont décédées dire qu'elles leur manquent terriblement et qu'elles auraient aimé partager avec elles leurs doutes et leurs angoisses. La transmission entre femmes est importante dans la période périnatale. Même si le conjoint est à l'écoute, il ne pourra pas remplacer ces échanges inter- et/ou intra-générationnels. Surtout lorsqu'il s'agit de sexualité !

Conseils : consolider les liens féminins

Il vous faut maintenir un lien avec les femmes de votre famille si cela est possible, afin de leur demander des conseils et des astuces de « grand-mère ». Dans le cas contraire, des liens privilégiés avec vos amies vous seront indispensables afin de partager vos expériences respectives. Ne restez pas seule avec vos doutes : parlez-en autour de vous. Vous devez être actrice et ne pas attendre que les autres viennent vers vous.

Quand votre « to-do list » croule sous les injonctions…

C'est inimaginable le nombre de choses que l'on doit faire et penser quand on est une jeune maman… Comment s'y retrouver entre celles qui sont indispensables et celles qui peuvent attendre ? Mais au fait, est ce qu'elles peuvent vraiment attendre ?

La « to-do list » est plus que pleine et vous ne savez plus comment faire. Entre la charge mentale des fameuses normes sociales et le temps de ne rien faire, essayons de déroger à votre agenda maternel si chargé, car vous n'avez pas à tout faire !

Charge mentale et normes sociales : l'œuf ou la poule ?

Chacun avancera ses arguments quant à savoir lequel des deux était là en premier, mais ce qui est certain, c'est qu'être une femme n'était déjà pas si simple, alors devenir mère… Bien s'occuper de son bébé, effectuer les tâches quotidiennes, être une bonne amie, une bonne fille, une bonne petite-fille, une bonne professionnelle, une bonne épouse avec tout ce que cela implique, sans oublier être une infirmière, une psychologue, une cuisinière, une femme de ménage, une institutrice, une bricoleuse, une astucieuse…

Les mots manquent pour définir ce qu'est la charge mentale d'une mère. D'autant plus qu'elle diffère d'une femme à une autre en fonction de son mode de vie, de ses moyens, de sa famille, de l'aide… Et quand se rajoutent les normes sociales véhiculées par les médias, les réseaux sociaux, la famille, les amis… cela provoque un mélange détonant.

Prenons un exemple pour bien nous en rendre compte. Imaginez qu'une jeune maman se demande à partir de quand elle peut reprendre une vie intime avec son compagnon. Elle ne se souvient plus de ce qu'on lui a dit à la sortie de la maternité (si on lui en a parlé, ce qui est trop rare malheureusement), elle va donc aller chercher des informations. Première source : Internet bien sûr, où chacun sait qu'on y trouve tout, et surtout son contraire ! La voici dans une recherche effrénée d'informations sur la reprise des rapports sexuels après un accouchement : elle en prend et elle en laisse, ce qui ne fait pas avancer les choses. Alors, pour se rassurer, elle va regarder sur les réseaux sociaux ce qui se dit. Et là, rebelote : trop de témoignages qui ne lui correspondent pas. Mais en plus, elle peut voir ces jeunes mères qui ont repris leur corps de rêve, qui gèrent tout parfaitement bien et qui donnent des conseils. Les magazines ou émissions spécialisés traitent aussi du sujet, mais pas forcément sous l'angle qu'elle souhaite. Certes, elle aura eu quelques informations avec toutes ces recherches, mais si on se met à sa place, comment ne pas être perdue face à une norme que la société veut nous imposer ? Dernière solution : les amies et éventuellement la famille, qui sont elles aussi dans une certaine norme sociale. Au final, nous avons une jeune maman noyée dans les réponses qu'elle a trouvées, avec en prime des éléments d'angoisse face à la pseudo-perfection qui est distillée un peu partout.

Il en est de même si nous prenons un exemple, moins intime, d'une mère qui cherche à se faire un planning : elle sait exactement ce qu'elle doit y mettre. Mais d'où viennent toutes ces tâches qu'elle s'impose ? Qui lui a dit de faire tout cela ? Elle l'a vu, l'a entendu, le sait, et maintenant, il faut tout planifier pour ne rien oublier. Le simple fait de penser à ce planning donne d'emblée la migraine…

Toutes les femmes et encore plus les mères veulent bien faire, seules, pour se prouver qu'elles en sont capables. Mais à quel prix ? Et surtout pour prouver quoi à qui ? C'est une très bonne question que nous devrions toutes nous poser : à méditer alors…

Idées reçues

Vrai ou faux ? Si je ne gère pas tout toute seule, alors je suis une mauvaise mère.

Faux : justement, prendre du temps pour vous et déléguer vous rendra plus efficace et plus disponible en tant que mère et en tant que femme ; votre bébé et votre compagnon vous sentiront plus détendue.

Vrai ou faux ? C'est abusé de demander de l'aide au papa quand il rentre du travail car il est fatigué.

Faux : bien au contraire, il sera très content de s'occuper de son bébé et de vous soulager dans le même temps. N'oubliez pas qu'il ne l'a pas vu de la journée !

Vrai ou faux ? C'est bien de faire un planning pour ne rien oublier.

Vrai et Faux : faites un planning uniquement sur les choses importantes comme les médicaments, les rendez-vous, l'administratif, mais pas pour les tâches quotidiennes. Vous savez ce qu'il y a à faire tous les jours, alors inutile de vous mettre une pression supplémentaire en l'écrivant. Et puis, certaines tâches ne sont pas à faire quotidiennement…

Conseils : savoir décrocher et ne pas être parfaite !

Concernant le premier exemple, il est indispensable que vous ayez un référent afin de poser toutes les questions : cela peut aller de votre sage-femme à votre gynécologue, en passant par un psychologue. Tout cela pour éviter de glaner des informations un peu partout qui seront de toute façon contradictoires.

Concernant cette « to-do list », elle n'a pas lieu d'être quand on est une jeune maman. Vous pouvez éventuellement noter les choses importantes à faire sur la semaine, par exemple, mais par jour, ce n'est pas une bonne idée. En effet, il y aura toujours un petit (ou grand) tracas qui viendra la mettre à l'épreuve, et vous serez déçue de vous. Essayez de déléguer un maximum quand le papa est là, car n'oubliez pas que vous n'êtes pas en vacances !

> **Pourquoi pas une « done list » ?**
>
> Il est vrai que les « to-do lists » sont à la mode : on en fait pour tout et n'importe quoi ! Certes, elles sont pratiques pour ne rien oublier, mais dans le post-partum, elles induisent plus d'angoisses que de bénéfices. Alors pour les contrer, je vous propose de faire une « done list ». Je m'explique : plutôt que de noter ce que vous avez à faire dans une journée, notez chaque soir ce que vous avez fait ! Cela va des lessives au ménage, en passant par le nombre de biberons, de changes… Bref, répertoriez chaque tâche. Vous verrez que c'est un très bon moyen pour prendre conscience de tout ce que vous avez effectué dans une seule journée, et cela vous permettra de ne pas (ou moins) vous dévaloriser.

Enfin, l'idéal de perfection peut être détruit en regardant autour de vous, comment sont les autres jeunes mères : vous verrez qu'elles ont les mêmes soucis que vous, mais il faut savoir où et quoi chercher !

Le temps de rien…

Eh oui… Il faudrait des journées de plus de vingt-quatre heures pour avoir un peu de temps pour soi, mais ce n'est pas possible. Alors, il va falloir accepter le fait que vous n'avez plus la possibilité de faire ce que vous voulez quand vous le voulez. Vous croulez sous les tâches et vous n'en voyez pas le bout : c'est normal au début, il faut prendre son rythme de croisière. Personne ne vous oblige à être parfaite et à tout faire en temps et en heure. Déjà que la fatigue est omniprésente, si vous en rajoutez, vous n'y arriverez pas. La fatigue va s'accumuler, vous serez de mauvaise humeur et qui prendra ? Votre homme, qui, lui, n'est pas votre souffre-douleur.

La première chose qui risque alors de partir est bien la libido. Imaginez une jeune maman qui s'est occupée toute la journée de son bébé, qui a effectué des tas de tâches ménagères et qui est crevée quand son compagnon rentre le soir. Pensez-vous qu'elle sera capable d'être juste un peu disponible pour lui ? Sûrement pas : les câlins (je ne parle même pas des rapports sexuels !) seront une contrainte pour elle, car ils seront considérés comme une perte de temps. Ce temps si précieux qui lui manque pour se reposer. La charge mentale qu'elle s'impose peut faire ricochet sur l'entente du couple.

Idées reçues

Vrai ou faux ? Quand bébé dort, j'en profite pour m'avancer sur certaines tâches.

Faux : profitez-en pour vous reposer vous aussi. Une petite sieste est toujours la bienvenue dans cette période ; alors, calez-vous sur le rythme de votre enfant.

Vrai ou faux ? Quand bébé est réveillé, je ne peux rien faire.

Faux : il est encore petit, il peut donc rester dans la même pièce que vous, dans son parc par exemple, alors que vous faites autre chose. Inutile de le surveiller à chaque seconde, il ne risque rien !

Conseils : savoir reporter au lendemain…

Il faut être moins exigeante avec vous-même ! Vous avez le droit de déléguer et surtout de remettre au lendemain ce que vous n'avez pas pu faire le jour même. Quand bébé dort, si vous êtes fatiguée, dormez aussi, mais si vous n'en avez pas envie, profitez-en pour prendre du temps pour vous : lire, regarder une série, faire vos ongles, appeler une amie… Bref, des choses qui vous font plaisir.

Vous êtes vraiment trop fatiguée une journée ? Eh bien, zappez la sortie de bébé et/ou son bain ! Vous savez, il ne vous en voudra pas de ne pas être sorti, c'est entre vous… et vous. De même, vous avez envie de prendre un bain sans avoir peur que bébé se réveille ? Eh bien, prenez-le avec vous dans le bain (quand vous ne saignez plus et que la cicatrisation est faite) en le positionnant sur vos jambes : vous verrez, c'est un vrai moment de bonheur et de partage pour tous les deux.

Et les pères dans tout ça ?

Si ce chapitre est consacré aux pères, c'est pour que vous compreniez comment ils négocient le passage d'homme à jeune papa. Car même s'ils n'ont pas porté le bébé ni accouché, il n'en reste pas moins que certains remaniements les guettent, et en plus, ils doivent gérer les vôtres ! Ils n'ont donc pas une place facile, c'est pourquoi vous allez avoir les clés pour mieux les comprendre, analyser leur comportement et pouvoir trouver des solutions.

Un peu de psychologie paternelle

Souvenez-vous de la préoccupation maternelle primaire, cette fusion entre vous et votre bébé : où est le père là-dedans ? Tout simplement oublié, mis à la trappe, comme si on n'en avait pas besoin. Mettez-vous maintenant à sa place : comment peut-il se sentir face à ce couple mère-bébé ? Il est là, mais sans être là et, en plus, vous ne lui accordez plus autant de temps. Il n'est pas question de jalousie, mais juste d'avoir une simple place dans cette relation fusionnelle. Certains peuvent se sentir tellement mis de côté qu'ils peuvent en vouloir à leur enfant, ou bien entrer en conflit avec vous pour des broutilles. D'autres peuvent se détacher complètement : vous les sentirez alors distants, peu ou pas investis. D'autres, encore, peuvent s'en accommoder car ils ne se sentent pas à l'aise avec les soins du bébé, par exemple.

Leur comportement peut aussi vous étonner, voire vous faire peur parfois. Prenons un exemple d'un papa qui va donner pour la première fois le bain à son bébé. La plupart d'entre vous vont se dire : « Panique à bord, comment il va faire ? Il risque d'oublier quelque chose ou, pire encore, de faire tomber notre bébé. » Je vous arrête tout de suite : c'est justement « votre » bébé, il n'y a aucune raison qu'il lui fasse prendre le moindre risque. Et puis, c'est un adulte, s'il n'y arrive pas, il vous demandera quoi faire : faites-lui confiance, il n'y a aucune raison de paniquer car si les pères étaient dangereux, cela se saurait ! Certes, il ne fait pas pareil que vous : et alors ? L'essentiel est que ce soit fait et qu'il ait passé un moment de partage et de complicité avec son enfant.

Certains pères n'osent pas demander à leur compagne s'ils peuvent s'occuper du bébé. Vous allez alors penser qu'ils ne s'investissent pas et qu'ils vous laissent tout faire. Mais parfois, c'est tout autre chose qui se joue : peut-être ont-ils peur de prendre trop de place et de vous retirer votre rôle de mère ? Ou peut-être ont-ils peur de votre réaction s'ils ne font pas exactement comme vous ? Vous voyez, il existe plusieurs types de réactions : à vous de les identifier pour bien les comprendre, car n'oubliez pas qu'eux aussi doivent composer avec vos changements psychologiques !

Enfin, une autre source d'incompréhension concerne la fatigue des pères, souvent elle aussi mise de côté. Or, elle est bien présente et quand ils rentrent du travail, il est parfois difficile pour eux d'être tout de suite disponibles pour prendre votre relève ou vous aider. Ils ont eux aussi besoin de temps pour eux, car leur travail n'est pas un « sas de décompression » !

Idées reçues

Vrai ou faux ? Les hommes sont trop brusques ou laxistes avec les bébés.

Faux : ils ne sont pas et ne font pas comme vous, c'est tout ! Mais sachez que pour bébé, avoir deux façons de faire (pour le bain, par exemple) est une chance.

Vrai ou faux ? Comme il va oublier quelque chose, je préfère le faire moi-même.

Faux : laissez-lui sa chance ! Et même s'il oublie quelque chose, rien de grave, il fera mieux la prochaine fois. Souvenez-vous de vos premiers changes ou bains… Étiez-vous au top ? Non, vous avez écouté les conseils des professionnels, alors partagez-les avec lui.

Vrai ou faux ? Même si mon homme est fatigué par sa journée de travail, je peux lui demander de m'aider.

Vrai : vous êtes fatigués tous les deux, donc chacun doit participer aux tâches de l'autre. Par contre, laissez-lui un peu de temps quand il arrive pour qu'il puisse avoir son « sas de décompression » et passer en mode « papa ».

Conseils : laissez-les faire !

Si vous sentez que votre homme se sent mis à l'écart ou n'ose pas faire des choses avec bébé, n'hésitez pas à lui proposer certaines activités comme une promenade, donner un biberon… C'est à vous de lui donner sa place de père car sans vous, il ne pourra pas la prendre. Donnez-lui des conseils, demandez-lui s'il veut que vous restiez à côté quand il s'occupe de votre enfant.

Et, surtout, ne le calquez pas sur vous : gardez à l'esprit qu'il peut avoir sa propre façon de faire. Vous êtes une équipe, donc chacun a son rôle. L'humour est le meilleur moyen de désamorcer des malentendus : prenez le temps d'échanger vos façons de faire, d'en rire !

Enfin, n'oubliez pas son « sas de décompression » : s'il ne peut pas l'avoir le temps du transport travail/maison, ne lui sautez pas dessus tout de suite, laissez-le un moment faire ce dont il a envie. Vous ferez d'une pierre deux coups car il pourra alors être plus disponible pour vous soulager et vous pourrez vous reposer sur lui.

Retrouver sa féminité pour mieux en jouir par la suite

Maintenant que vous connaissez ce qui se passe dans votre corps et comment commencer à l'apprivoiser, il va falloir passer à l'étape supérieure. Car voilà ce que c'est d'être mère : s'approprier son nouveau rôle, son nouveau corps, négocier les remaniements dans le couple, dans la famille, et gérer le quotidien.

Alors, comment faire pour que maternité rime avec féminité ? Est-ce possible d'allier la mère et la femme qui est encore en vous ? La réponse est oui, et vous allez voir comment !

Après une naissance, on ne peut pas avoir accès tout de suite à la sexualité, tant sur le plan physique que psychique. Chaque nouvelle maman va devoir y aller à son rythme, tout en respectant certaines étapes essentielles pour retrouver sa vie intime.

En premier : la féminité

Durant le premier mois, entre les désagréments du post-partum et l'arrivée du bébé, il est normal que vous soyez centrée sur le bébé afin de prendre vos marques : la fonction maternelle prédomine alors. Mais ensuite, il va falloir trouver des stratagèmes pour se souvenir qu'avant d'être une mère, vous étiez une femme : la féminité est ainsi au centre de la problématique, car elle est souvent mise de côté au détriment de la mère qui est en vous.

Retrouver votre féminité, c'est ce qui vous permettra de renouer avec votre sensualité, étape primordiale pour accéder ensuite à la sexualité. Assez logique quand on y pense : comment se faire plaisir sensuellement puis sexuellement si on a une mauvaise image de sa féminité ? Je ne parle pas forcément du corps qui a changé, mais de tout ce qui fait que l'on est une femme. Pour certaines, cela passe certes par l'image corporelle, et, pour d'autres, par le fait de prendre soin d'elles (physiquement et mentalement). Facile à dire quand on n'est pas dans les couches et dans la gestion du quotidien où on a plus une minute à soi !

Définissez votre féminité

Je vous propose de réfléchir à votre féminité. Je m'explique : comme nous sommes toutes différentes, il est important que vous puissiez définir par quoi passe votre féminité. Pour cela, ne vous calquez pas sur des normes, mais sur votre ressenti. La question est la suivante : « Qu'est-ce qui vous rend féminine ? » Les réponses sont diverses et variées : l'habillement, le maquillage, la coiffure, les formes féminines, le temps que vous prenez pour vous, le regard des autres… L'essentiel, ici, est d'identifier ce qui vous rend « femme », et comment l'intégrer à votre nouveau rôle de mère.

Idées reçues

Vrai ou faux ? Ma féminité passe avant tout par mon corps.

Vrai et Faux : votre corps a changé, mais ce n'est pas pour autant qu'il doit entraver votre féminité. Le corps d'une femme ayant eu des enfants est très désirable, très féminin : demandez aux hommes autour de vous, vous serez étonnée de leur réponse ! Peu importe les quelques kilos en trop, votre féminité est toujours là, il faut aussi la chercher ailleurs…

Vrai ou faux ? À quoi bon être féminine puisque je ne sors pas !

Faux : n'attendez pas de reprendre le travail pour renouer avec votre féminité. Même si vous sortez uniquement pour les courses ou les promenades, c'est agréable de prendre un peu soin de vous, sans en faire des tonnes, bien sûr.

Conseils : changez !

Votre corps a changé et il va falloir s'en accommoder pendant un certain temps. Cependant, ne focalisez pas sur les vêtements que vous n'arrivez plus à mettre : sans dépenser trop, vous pouvez vous habiller autrement, essayer de nouvelles choses afin de vous sentir bien dans votre corps. C'est important que vous ne soyez pas toujours en jogging : certes c'est très pratique, surtout quand on sort peu, mais c'est aussi valorisant de changer de tenue de temps en temps pour retrouver une certaine féminité.

Elle sera différente au début, mais ne vous inquiétez pas, le temps fait son travail et en quelques semaines, votre corps changera. De même, maquillez-vous parfois, coiffez-vous autrement... Bref, vous l'aurez compris, renouez avec la femme qui est toujours en vous en reprenant vos habitudes d'avant, comme si vous alliez travailler ou sortir. Et si vous en avez la possibilité, rien de tel qu'une virée shopping entre copines !

En second : la sensualité

Sans sensualité, c'est-à-dire l'accès à vos sens, vous aurez plus de mal à avoir une sexualité épanouie. Cette seconde étape va donc consister à vous axer sur votre plaisir sensuel. Comme pour la féminité, le temps manque pour se faire plaisir, et c'est bien là toute la difficulté : comment s'octroyer un moment pour soi sans culpabiliser, alors qu'il y a tellement de choses à faire ? Il va falloir que vous trouviez des petits moments dans la journée ou la semaine, afin de renouer avec votre sensualité.

Conseils : exercices sur les cinq sens

Tout ce qui va pouvoir stimuler vos cinq sens est le bienvenu ! Vous pouvez travailler sur un seul ou bien sur plusieurs à la fois, c'est vous qui choisissez, mais l'important est que, sur une semaine, les cinq aient été stimulés au moins une fois. Voici quelques exemples afin de vous aider à trouver des idées, mais ce sera à vous de les adapter.

Retrouvez vos cinq sens

Concernant l'odorat, vous pouvez mettre une bougie parfumée, des sels de bain… mais attention, pour être bien travaillé, chaque sens doit être stimulé par une chose que vous n'avez pas l'habitude d'utiliser. Je m'explique : si vous utilisez régulièrement des bougies parfumées, ne les prenez pas pour cet exercice car votre odorat y est déjà habitué. Il faut alors trouver autre chose. Pareil pour le goût : faites-vous plaisir en mangeant ou en buvant quelque chose que vous adorez, mais que vous prenez peu, comme du bon chocolat, une sucrerie, un très bon thé… Pour l'ouïe, écoutez une musique qui vous rappelle des souvenirs et que vous n'avez pas écoutée depuis longtemps. Pour le toucher, mettez-vous de la crème ou de l'huile sur le corps en prenant votre temps. Et enfin, pour la vue, faites l'exercice quand il fait nuit : le simple fait de changer la luminosité en allumant une bougie ou une autre lampe est excellent pour stimuler ce sens. Ce ne sont que des exemples : à vous de trouver ce qui vous correspond et ce qui vous procurera le maximum de plaisir sensuel.

En couple, la sensualité se travaille par la tendresse et les câlins en créant une ambiance sensuelle avec des bougies, des huiles de massage, une lumière feutrée… et pourquoi pas dans un bain ! Le but est de se câliner en se caressant, tout en évitant les zones sexuelles (je vous rappelle que les seins en font partie !) pour renouer avec les plaisirs sensuels qui activeront ensuite l'envie sexuelle. Explorez vos corps, partagez un bon moment à deux et n'allez pas plus loin : vous aurez ainsi plus confiance en vous et n'aurez pas « peur » que cela dérape en rapport sexuel alors que vous n'y êtes pas encore prête.

Une fois que toutes ces étapes se seront bien passées, votre libido devrait revenir. Mais ce n'est pas si simple que cela, car il y a encore certaines entraves à la reprise de votre vie intime que nous allons aborder afin que tout se passe pour le mieux.

Partie 4

Renouer avec une vie sexuelle épanouie… ou la découvrir pour la première fois !

Nous voilà arrivées à la reprise de votre vie intime. Une fois votre féminité retrouvée ainsi que votre sensualité, vous allez pouvoir, à votre rythme, renouer avec la sexualité. Je dis bien « la » sexualité, car elle ne sera pas forcément comme celle que vous connaissiez avant : les choses ont changé puisque vous êtes désormais maman et qu'un petit être prend toute la place et tout votre temps !

Vous allez voir qu'il va falloir composer avec une multitude de paramètres : psychologiques, familiaux, sociaux, religieux, moraux... et bien sûr sexuels ! Comment s'y retrouver ? Comment reprendre confiance en soi pour enfin partager son intimité, quand nous sommes abreuvées d'injonctions et de fausses croyances ?

Ne vous inquiétez pas, l'épanouissement maternel peut rimer avec l'épanouissement sexuel à partir du moment où vous avez les bonnes informations et les bons conseils pour bien la redémarrer. Et pour celles qui n'avaient pas une vie sexuelle satisfaisante, vous trouverez plein d'astuces pour qu'elle devienne partage et plaisir.

La société sous hormones !

Notre société évolue constamment. Mais quel est le lien avec notre sexualité ? C'est ce que nous allons voir dans cette partie, en nous intéressant à des notions variées qui font partie de notre quotidien et dont nous ne nous rendons pas forcément compte qu'elles influent sur notre vie intime.

Loin d'être exhaustive, je vous donnerai de grandes lignes de réflexion, afin que vous puissiez y penser seule ou en couple. J'espère ainsi vous faire entrevoir que tout ce qui entoure un couple peut avoir des répercussions sur sa sexualité, et encore plus lors de sa reprise après une naissance.

Sexe et religions, un ménage à trois…

Les trois religions monothéistes les plus présentes en France affirment qu'il existe une fin dernière et que la vie a un sens. La sexualité comme la mort à l'autre bout de la chaîne de vie sont si mystérieuses pour l'être humain que toutes les deux sont régies par des lois très strictes qui délimitent ce qui est de l'ordre du permis/interdit, pur/impur, sacré/profane.

Une naissance n'échappe pas à certains rituels en fonction des croyances de chacun. Les saignements de la jeune maman, appelés « lochies », sont souvent au centre de celles-ci. Ainsi, les couples peuvent attendre qu'ils se terminent avant même d'envisager une reprise de leur sexualité.

Même si la plupart des rituels de purification sont abandonnés de nos jours, il faut toujours garder à l'esprit qu'une femme et *a fortiori* un couple peuvent avoir certaines convictions religieuses que nous devons respecter si nous voulons les aider au mieux. Car le discours sur les saignements après un accouchement fait partie d'un patrimoine culturel.

Quand le couple a la même religion, cela ne pose généralement aucun souci : il suit alors les règles établies par leur religion. Par contre, en cas de religions différentes ou quand un des deux membres n'est pas croyant, des incompréhensions peuvent apparaître. Il est alors indispensable de parler des croyances, rituels, ou toute autre règle en amont afin de préparer son conjoint à l'après-naissance.

Conseils : être en accord avec vos convictions

Comme la reprise de la sexualité après un accouchement n'est pas « codifiée » au niveau médical, chacun y va de sa propre expertise. Par conséquent, les jeunes parents sont abreuvés d'informations parfois contradictoires et ne savent donc plus qui croire. Mais pour la religion, nous nous retrouvons finalement dans une situation plus simple puisque chacune a des règles bien spécifiques. Il suffit alors de demander conseil à son référent religieux, qui lui seul saura vous répondre en fonction de vos convictions. L'essentiel, dans ce cas, est de ne pas être en contradiction avec ses valeurs et croyances.

Le poids des croyances familiales

Ah, la famille… Elle peut être aussi bénéfique que nocive, surtout en ce qui concerne une naissance et le rôle des jeunes parents après celle-ci. Nous avons toutes en tête des exemples plus ou moins drôles de conseils familiaux du type : « Si tu n'allaites pas, ton bébé ne sera pas fort », « Tu dois te reposer au maximum », « Tu as le temps de maigrir, l'essentiel, c'est le bébé », « Ne laisse pas ton bébé pleurer »… Cela peut prêter à sourire, mais certaines croyances et transmissions inter- et/ou intrafamiliales peuvent avoir des effets dévastateurs sur un couple.

Quand une femme vient d'accoucher, elle a besoin de la présence des femmes de sa famille, et en particulier de sa propre mère. Même si, de nos jours, les familles sont éclatées, il n'en reste pas moins que, lors d'une naissance, les femmes sont soudées et présentes pour la jeune maman. C'est alors que fusent les conseils, injonctions, croyances et autres rituels familiaux. Le terme « à mon époque » prend tout son sens, et voilà la nouvelle mère qui ne sait plus qui et quoi croire : elle est tiraillée entre les croyances familiales et les conseils médicaux. Déjà que l'après-naissance n'est pas facile à négocier au niveau psychologique, on ne peut qu'imaginer ce que rajoute ce poids familial…

Mais il y a un point où les familles ont un rôle primordial à jouer : aider la jeune maman en lui faisant les courses, un peu de ménage, la cuisine… Bref, la soulager de temps en temps de certaines tâches quotidiennes. Bien évidemment, dans la limite du raisonnable : inutile que belle-maman squatte le canapé du salon ! J'ai bien dit « de temps en temps »…

Conseils : en prendre et en laisser…

Il va falloir que vous fassiez un tri entre les croyances de votre famille, celles de votre conjoint, et ce que le corps médical vous a donné comme conseils. Pas facile, me direz-vous, surtout quand c'est le premier bébé ! Mais vous connaissez déjà dans les grandes lignes ce que vont vous dire les femmes de votre famille. Si certains conseils vous semblent un peu bizarres, parlez-en à votre sage-femme durant la grossesse, n'attendez pas l'accouchement. Faites-le par exemple quand vous commencez à préparer la chambre et les affaires de bébé. Et puis, demandez à des amies qui sont déjà mamans, renseignez-vous sur des points particuliers qui vous posent question.

L'essentiel est que vous soyez en accord avec ce que vous allez faire quand votre enfant sera là : libérez-vous de certaines croyances familiales qui vous semblent hors du temps et, pour le coup, utilisez les nouveaux moyens d'informations, qui pour une fois peuvent avoir le bon rôle !

Miroir, miroir… regarde comme mes amies sont parfaites !

En tant que femmes, c'est plus fort que nous, nous ne pouvons pas faire autrement : il faut que nous nous comparions aux autres. C'est comme si c'était inscrit dans nos gènes ! Alors, après un accouchement, entre la fatigue, nos nouvelles responsabilités, nos doutes et nos questionnements, nous avons tous les ingrédients pour être encore plus sensibles aux comparaisons.

L'impression de ne pas sortir la tête de l'eau est normale dans les premiers temps, mais il y a toujours dans notre entourage au moins un exemple d'une amie qui, elle, s'en sort très bien. Elle gère à la perfection les tâches quotidiennes, son bébé, son homme. Et en plus, son corps n'a plus les stigmates de la grossesse. Sentiments d'injustice, d'incapacité, de jalousie…

En dehors de nos amies, nous avons aussi plein d'exemples de femmes célèbres qui sont « parfaites » quelques semaines après leur accouchement : on les voit sur la plage ou en robe de soirée, et elles sont belles ! Nous, on est encore en jogging taché de lait, pas coiffées, avec des cernes marquant notre fatigue, et encore tous nos kilos… Je caricature, mais c'est la réalité de la plupart des jeunes mamans, car elles n'ont pas la chance d'avoir un coach sportif et des nounous à disposition vingt-quatre heures sur vingt-quatre !

Objectif : se sentir mieux

Comme vous ne pouvez pas reprendre une activité sportive avant votre rééducation périnéale, vous pouvez quand même, si vous le souhaitez, mettre en place des petits « trucs » pour ne pas vous dévaloriser. Je dis bien « si vous le souhaitez », car certaines jeunes mamans vivent très bien ce moment d'entre-deux sans se soucier de leur apparence. Mais si ce n'est pas le cas pour vous, je vous invite à lire ces quelques conseils que vous pourrez adapter à votre guise.

La première chose importante est votre alimentation : il faut qu'elle soit équilibrée, et surtout, vous ne devez pas sauter un repas car c'est le meilleur moyen pour vous « venger » sur un paquet de gâteaux !

Ensuite vient le repos, essentiel pour votre bien-être, mais aussi pour votre mine : reposez-vous ou dormez dès que vous en avez l'occasion, surtout les premières semaines. Quand bébé dort, allongez-vous aussi et détendez-vous car les nuits sont courtes et difficiles.

Enfin, votre apparence : mettre des vêtements confortables et adaptés à votre corps de jeune maman est une chose, mais changez-vous dès qu'il y a une tache de lait ou de régurgitation, comme vous le faites avec bébé. Même si personne ne vous voit, votre image est importante : c'est une façon de prendre soin de vous. Pareil quand vous sortez de la douche, prenez un peu de temps pour vous « pomponner » : mettre un peu de maquillage, bien vous brosser les cheveux et/ou les attacher avec soin. Vous verrez, cela ne prend pas trop de temps et vous vous sentirez mieux.

Et que dire de ces femmes qui reprennent rapidement leur travail, en assumant tout le reste, alors que nous en sommes incapables ? Le mythe de la *businesswoman* a la vie dure, surtout après une naissance. Allier vie professionnelle et vie familiale devient un parcours du combattant. Mais leur réalité peut être tout autre que celle que vous imaginez : vous n'êtes pas dans leur quotidien, vous ne savez pas ce qu'elles vivent et comment elles gèrent leur angoisse. La comparaison et l'idéalisation n'ont pas leur place en périnatalité.

Certaines, en effet, auront plus de chances car elles perdront leurs kilos rapidement, seront moins fatiguées car elles recevront de l'aide ; ainsi, elles pourront prendre plus soin d'elles et retrouver plus rapidement leur vie active. Mais dans la majorité des cas, il faut plusieurs semaines pour trouver sa « vitesse de croisière » et se sentir de nouveau bien dans son corps.

J'ai coutume de dire à mes patientes qu'il n'y a pas de curseur : dans chaque situation, il y a toujours mieux, mais il y a aussi toujours pire. Cela permet de remettre les choses en perspective et de dédramatiser la situation. Nous avançons toutes à un rythme qui nous est propre, alors inutile de faire des comparaisons qui nous font plus de mal que de bien.

Conseils : se recentrer sur soi

Même si la comparaison est humaine et surtout féminine, le mieux est de relativiser et de ne pas se focaliser sur les mamans parfaites à vos yeux. Observez autour de vous et vous verrez que vous n'êtes pas la seule dans ce cas-là. Beaucoup de témoignages peuvent vous rassurer et vous faire reprendre confiance en vous.

Quand les enfants s'en mêlent et s'emmêlent…

La naissance du premier enfant est un sacré chamboulement car tout est nouveau : on doit s'adapter, apprendre, redéfinir les priorités… On pourrait alors penser que l'arrivée d'un autre bébé est plus simple à gérer. Eh bien, non ! Entre fratries et familles recomposées, bienvenue dans un imbroglio sans nom !

Quand une fratrie s'agrandit, ce n'est jamais anodin pour les enfants… comme pour les parents. Chacun aura ses propres angoisses et devra trouver sa place. Pour les parents, il faudra s'occuper du bébé et continuer à trouver du temps pour les autres. Quant aux enfants, ils ne doivent pas se sentir exclus ou mis de côté car le bébé demande trop. Il s'agit d'un véritable exercice d'équilibriste, d'autant plus que chaque faux pas sera directement sanctionné : crises de colère, refus d'obéir, bouderies, régressions (pipi au lit, par exemple), jalousie pouvant aller jusqu'à la violence envers le bébé ou les parents… Finalement, l'arrivée du premier, c'était beaucoup plus simple ! La surveillance est constante, le temps manque, on ne sait plus comment satisfaire tout ce petit monde. Alors, penser à soi, c'est quasiment mission impossible…

Et encore, il s'agit de nos enfants : qu'en est-il en cas de familles recomposées ? Entre garde alternée, exclusive ou le week-end, l'âge des enfants, leur entente mutuelle avant l'arrivée du bébé et l'organisation globale de la famille, le travail de parent semble bien difficile. Il faut redoubler de vigilance pour qu'aucun membre de la fratrie recomposée ne soit lésé. Souvent, les plus grands sont un peu trop entreprenants envers le bébé ou au contraire distants, et les plus petits sont jaloux de lui. Le couple doit alors être soudé afin de trouver ensemble le meilleur fonctionnement pour leur nouvelle famille.

Conseils : en parler en amont pour préparer

Le mieux est de parler des rôles de chacun dès la grossesse : cela permet de poser les choses, de les réfléchir et ainsi de pouvoir revenir dessus avant l'arrivée du bébé. Chaque membre de la fratrie peut avoir une tâche à faire, la plus petite soit-elle en fonction des âges. Les parents doivent trouver du temps pour tous, mais aussi du temps pour leur couple, ce qui n'est pas chose aisée au début. Cependant, responsabiliser les plus grands et faire que tout le monde donne un coup de main permet de maintenir une famille unie, malgré les aléas que vous rencontrerez forcément…

Une société de la perfection, entre pudeur et hypersexualisation

Vous l'aurez compris, devenir mère dans notre société n'est pas si facile. Les injonctions sont nombreuses et souvent contradictoires. Nous devons composer avec de nombreux facteurs, pour parfois rentrer dans des cases ou faire voler en éclats d'anciennes croyances. Le mythe de la perfection est omniprésent, renforçant notre sentiment de culpabilité quand nous pensons ne pas être à la hauteur de notre rôle de mère. Mais comment s'y retrouver quand la pudeur côtoie l'hypersexualisation ?

Nous avons d'un côté la pudeur de la maternité en ce qui concerne nos croyances, ce que nous vivons dans notre corps (saignements) et dans notre tête (angoisses de toutes jeunes mères), et de l'autre cette hypersexualisation permanente dans les magazines, les publicités, les films… Il y a de quoi se sentir fragilisée face à ces images qui ne correspondent pas à notre réalité.

Les jeunes mamans ont déjà beaucoup de mal à se livrer quand elles ne vont pas bien, car, dans notre société, l'image normale d'une maman est une femme heureuse et épanouie, alors pourquoi en rajouter ? Seuls les magazines spécialisés ou certains forums de discussions relatent réellement le quotidien avec un bébé. Autrement, nous avons une image idéalisée, voire sexualisée, de la maternité : un beau bébé qui ne pleure pas, une mère à ses côtés qui non seulement est capable de s'en occuper à la perfection, mais qui en plus est belle et apprêtée, sans aucun signe de faiblesse.

Pas étonnant alors que les femmes se sentent perdues et multiplient les recherches d'informations pour se rassurer. L'hypersexualisation de notre société fait que nous nous posons de plus en plus de questions, et dans le même temps, notre pudeur, surtout après un accouchement, nous empêche de les poser. Le danger est alors de prendre pour argent comptant ce que nous voyons ou lisons.

C'est pourquoi il est si important d'avoir des réponses claires qui vont permettre de comprendre ce que nous vivons dans notre corps et dans notre tête. La connaissance de notre nouveau corps de mère est une des réponses.

Conseils : ne vous laissez pas berner !

Certes, nous ne pouvons pas nous mettre dans une bulle, mais nous pouvons prendre du recul sur ce que nous voyons. La période du post-partum est déjà suffisamment difficile à gérer pour qu'en plus vous vous mettiez une pression supplémentaire… Alors relativisez et vivez pleinement ces moments privilégiés qui passent si vite !

La fameuse date limite…

Deux questions taraudent toutes les jeunes mamans : « Quel est le moment idéal pour reprendre les rapports sexuels ? Quand dois-je m'inquiéter de ne pas les avoir repris ? » C'est normal de se les poser, car après une naissance, la sexualité est mise de côté. Mais il va y avoir un moment où, inéluctablement, elle reviendra sur le devant de la scène. Aussi, il est important que vous ayez les clés pour pouvoir y répondre.

Le moment idéal pour toutes : une utopie !

Si vous voulez une date concernant le moment idéal, je ne vous la donnerai pas ! Car la réponse à cette question ne peut pas se faire de manière générale : non seulement il n'y a pas de norme, mais en plus chaque femme est particulière. Cela dépend donc de chacune d'entre vous, mais il y a tout de même des points importants à connaître et à respecter.

Le premier est que vous devez vous sentir prête : mais comment le savoir ? C'est le plus compliqué, car souvent, entre la pression de son compagnon et la norme sociale ou celle que vous avez, il est difficile de savoir si l'envie vient de vous.

Prenons un exemple : cinq mois après l'accouchement, une jeune mère n'a pas repris de vie sexuelle. Par contre, elle se sent bien au niveau de sa féminité et de sa sensualité : même avec son compagnon, les câlins et la tendresse sont au rendez-vous. Tout va pour le mieux, mais elle n'a pas encore envie de reprendre une vie intime car elle ne se sent pas prête. Cependant, elle voit bien que son compagnon devient de plus en plus insistant, et elle se dit qu'au bout de cinq mois, il serait quand même temps qu'elle reprenne les rapports sexuels : ce qu'elle va faire finalement, mais pour qui ? Pour son couple et pour son compagnon, certainement pas pour elle car elle n'en avait pas encore envie.

Cet exemple montre parfaitement ce qui se passe dans la majorité des cas, car les femmes culpabilisent de « faire attendre » leur homme. Or, il ne faut pas oublier que nous sommes dans le post-partum, et même si les contre-indications médicales sont extrêmement rares à la reprise des rapports sexuels, il n'en reste pas moins qu'au niveau psychique, les jeunes mamans doivent prendre le temps.

Donc *exit* les fausses croyances et la culpabilité : prendre le temps, c'est respecter son rythme pour que l'envie revienne. Il faut être centré sur ce que vous ressentez dans votre corps et dans votre tête pour reconnaître votre envie et pas ce qu'on attend de vous. Vous doutez que l'envie soit présente ? Elle n'est sûrement pas là puisque vous vous posez la question. Son ressenti est facile à identifier, donc, en cas de doute, laissez passer encore un peu de temps.

Idées reçues

Vrai ou faux ? Il faut attendre la visite postnatale pour reprendre les rapports sexuels.

Faux : il faut attendre de se sentir prête, ressentir l'envie sexuelle ; il n'y a pas de norme, chaque femme est unique.

Vrai ou faux ? Si j'attends trop, mon compagnon risque d'aller voir ailleurs.

Faux : le risque est plutôt le manque de communication et le manque de sensualité/câlins/tendresse qui tuent un couple.

Conseils : aucune pression !

La première chose à faire est de ne pas avoir en tête une date limite. Dédramatisez en gardant à l'esprit que ce sont la sensualité et les moments de partage qui vous feront accéder à la sexualité. Il est évident que si vous ne maintenez pas une intimité sensuelle, votre couple va peu à peu se dessouder.

Pour cela, vous pouvez, par exemple, prendre un moment à deux le soir quand bébé dort : discutez, regardez un film dans les bras l'un de l'autre, câlinez-vous… N'hésitez pas à parler à votre compagnon de vos peurs et de vos désirs quant à la reprise des rapports sexuels, afin qu'il sache comment s'y prendre. Votre envie devrait revenir si vous vous sentez aimée et si vous n'avez pas de pression.

Quand s'inquiéter ?

Étonnant comme question alors que nous venons de voir qu'il n'y a pas de date limite… Certes, il est hors de question de normaliser la reprise des rapports sexuels après une naissance, mais nous savons aussi que la sexualité fait partie intégrante de la vie de couple. Elle doit donc être reprise à un moment donné, sans cela, le couple n'existera plus. En dehors de rarissimes complications médicales et de l'existence d'une dépression du post-partum (qui diminue ou arrête la libido tant qu'elle n'est pas traitée), la reprise de la vie intime se fait dans les mois qui suivent une naissance. Mais si ce n'est pas le cas, à quel moment s'inquiéter ?

Généralement, il est admis d'attendre au moins la durée d'une grossesse, c'est-à-dire neuf mois. En d'autres termes, si vous n'avez aucune envie et/ou désir sexuel au bout des neuf mois qui suivent la naissance de votre bébé, il est légitime de consulter un professionnel. Je ne vous dis pas de vous inquiéter, mais juste de parler à un sexologue afin qu'il vous donne des conseils avisés en fonction de votre situation. Avant cette date, nous ne prenons que très rarement de jeunes parents en consultation, car nous leur laissons le temps de prendre leurs marques.

Conseils : date repère

Cette date des neuf mois après une naissance doit juste être un repère pour vous, et en aucun cas une date limite vous signifiant que vous avez un problème ! Il s'agit juste d'une date à partir de laquelle vous pouvez consulter un sexologue. Mais bien évidemment, si votre couple rencontre de grandes difficultés avant, il ne faut pas hésiter à aller voir un professionnel (psychologue clinicien, thérapeute de couple, sexologue).

Les peurs face à la reprise de la sexualité

Que vous soyez prête ou pas à reprendre votre vie intime, certaines peurs ont la vie dure ! Elles sont normales et compréhensibles, face à ce que votre corps mais aussi votre psychisme ont subi avec la naissance du bébé. Je vais prendre les plus fréquentes pour vous les expliquer et vous donner des conseils pour mieux les vaincre.

Avoir mal : comme la première fois ?

Ce n'est pas anodin si je fais le parallèle entre votre première fois et la reprise des rapports sexuels après une naissance. En effet, votre corps a été mis à rude épreuve : vous avez l'impression que ce n'est plus le même et qu'il va falloir tout recommencer.

L'imaginaire s'emballe et vous doutez : si on m'avait mal recousue ? Si je n'arrivais plus à bien lubrifier ? Si mon vagin avait une plaie ? Si certaines positions me faisaient mal ? Autant de questions qui sèment le doute et l'angoisse, mais qui ne sont finalement que des pensées erronées dues au manque d'informations. Vous venez d'accoucher, certes, mais vos organes génitaux fonctionnent comme avant.

Du coup, la peur est moins grande en cas de césarienne, cependant elle est tout de même présente car cela fait un moment que vous n'avez pas eu de pénétration. Tout se passe alors comme si vous aviez tout oublié…

Conseils : c'est à vous de décider !

Comme pour votre première fois, si la reprise de votre vie sexuelle est bien préparée, tout se passera bien. Pour cela, il est impératif que vous en ayez envie : ne pas le faire pour de mauvaises raisons.

Ensuite, les premiers rapports devront être plus doux et plus longs que d'habitude. Je m'explique : les préliminaires vont avoir un rôle primordial. Ils doivent durer plus longtemps afin de sentir l'excitation monter et la lubrification se faire. D'ailleurs, n'hésitez pas à utiliser un lubrifiant les premières fois pour reprendre confiance en vous.

Puis la pénétration devra être douce : guidez votre compagnon, donnez-lui le rythme et la profondeur de pénétration que vous souhaitez. Concernant les positions, aucune n'est contre-indiquée, mais préférez au début celle où vous êtes au-dessus ou celle en cuillère. Et n'oubliez pas : l'excitation doit être maintenue durant tout le rapport sexuel, alors n'hésitez pas à stimuler votre clitoris !

La désunion, ou quand la cicatrice s'ouvre…

Les désunions de cicatrice sont rarissimes, mais arrivent principalement dans des contextes particuliers comme des infections. Surtout, cela se produit en dehors des rapports sexuels, de manière fortuite, et on le découvre lors des soins, par exemple.

Conseils : bien respecter les précédents

Si vous en avez entendu parler, dites-vous que c'est une complication médicale exceptionnelle qui survient bien avant la reprise de la sexualité, souvent dans les dix jours après un accouchement. Mais pour celles qui ont envie de reprendre avant ? Risquent-elles une désunion lors de la pénétration ? La réponse est non si elles respectent les conseils précédents.

Ne plus ressentir de plaisir : une fatalité ?

Une des grandes craintes est de ne plus rien ressentir. C'est l'antithèse de la peur d'avoir mal : être pénétrée et ne pas avoir de plaisir… Dites-vous que si vous avez envie, il n'y a aucune raison qu'il ne soit pas de la partie.

Par contre, en ce qui concerne l'orgasme, il est tout à fait possible qu'il ne soit pas au rendez-vous les premiers temps. Cela tient au fait qu'il faut d'abord vous réapproprier votre envie et votre plaisir, avant d'avoir accès à l'orgasme. Certaines femmes l'auront d'emblée, mais dans la majorité des cas, il faut attendre quelques semaines pour être de nouveau en phase avec sa jouissance. Ne désespérez pas car il reviendra à un moment où vous ne vous y attendrez pas !

Conseils : le clitoris à l'honneur

Rien de plus frustrant que d'avoir un rapport sexuel sans rien ressentir. C'est pourquoi il faut que l'envie soit présente et les préliminaires plus axés sur les caresses clitoridiennes. De même, au moment de la pénétration, si vous n'êtes pas au-dessus pour frotter votre clitoris sur le pubis de votre compagnon, sollicitez-le avec les doigts ou un sextoy.

Mon corps, mon ennemi…

La peur de se retrouver nue face à lui… Vous avez déjà une mauvaise image de votre corps de jeune maman, alors que va-t-il en penser dans l'intimité ? Vous êtes persuadée d'être moins désirable qu'avant car vous avez des rondeurs, stigmates de votre grossesse.

Nous sommes des femmes, souvent obsédées par notre image, mais les hommes ne réfléchissent pas comme nous. Ils aiment les formes, encore plus celles des femmes devenues mères. Ne vous y trompez pas : votre corps n'est pas leur ennemi, mais bien le vôtre. Il ne bloque que vous dans la communication amoureuse et sexuelle.

Conseils : les jeux érotiques…

Si vraiment vous avez envie de reprendre une vie intime, mais que vous êtes tétanisée à l'idée que votre compagnon vous voie nue, mettez en place certains stratagèmes qui peuvent être très érotiques. Par exemple, au lieu de vous cacher complètement sous la couette, mettez une lumière tamisée, gardez vos dessous au début et partagez des caresses les yeux fermés les premiers temps. Rapidement, ses mots doux vous rassureront, ses caresses seront les mêmes qu'avant et vous n'aurez plus besoin de ces artifices pour vous montrer telle que vous êtes. Écoutez ce qu'il vous dit, ressentez ses mains sur vous, c'est comme cela que vous reprendrez confiance en vous.

Et si mon vagin s'était élargi ?

Cette peur rejoint un peu celle de ne rien ressentir, sauf que, pour le coup, elle va toucher les deux partenaires. Non seulement vous angoissez pour vous, mais aussi pour votre homme car il risque de ne pas bien sentir les parois, d'être moins excité car moins serré.

Or, le vagin reprend sa forme normale dans les trois mois qui suivent un accouchement. Le mythe de la « béance vaginale » n'a pas lieu d'être : il n'y a aucune raison pour qu'il ne se resserre pas. Cependant, il est vrai qu'au bout de trois accouchements par voie basse, il est généralement un peu moins serré, alors comment faire ?

Conseils : vive la rééducation du périnée !

Dans tous les cas, que vous en soyez à votre premier accouchement ou à votre cinquième, la rééducation périnéale n'est pas une option ! Faites-la consciencieusement.

Si vous avez tout de même l'impression que votre vagin est trop large alors que votre sage-femme est satisfaite du résultat, parlez-en avec votre compagnon. Souvent, les femmes ont une idée fausse de ce que les hommes peuvent ressentir : il pourra donc vous rassurer quant à ses sensations. Et si malgré cela vous voulez le remuscler, investissez dans des boules de geisha que vous porterez une à deux fois par semaine pendant une heure, quand vous allez marcher ou faire vos courses.

Différents types de rééducation du périnée

J'ai beaucoup parlé de la rééducation du périnée, mais il faut savoir qu'il en existe plusieurs en fonction des techniques qu'emploie votre sage-femme. Certaines utilisent leurs doigts pour sentir vos contractions lors des exercices, d'autres une sonde qui enregistrera l'intensité de celles-ci, ou qui en induit. Quelle que soit la méthode utilisée, elle vous sera adaptée et durera plus ou moins longtemps en fonction de la tonicité de votre périnée. Donc, ne vous inquiétez pas si votre rééducation n'est pas la même que celle d'une de vos amies : seule votre sage-femme sait ce qui vous convient le mieux. Faites-lui confiance !

Bébé peut nous entendre : ça me bloque !

C'est une peur classique chez les jeunes mamans. Elle peut se comprendre aisément car à ce moment-là, tout se passe comme si la femme était en opposition avec la mère : que le bébé puisse entendre des ébats est juste insupportable et dégoûtant. Et pour peu qu'il pleure en se réveillant, c'est le pompon !

La culpabilité d'être une mauvaise mère en s'adonnant à des plaisirs sexuels peut bloquer un grand nombre d'entre vous. Or, votre bébé n'a absolument pas conscience de ce que vous faites. Que vous passiez l'aspirateur, que vous téléphoniez à une amie ou que vous ayez un rapport sexuel quand il se réveille ne change rien pour lui. Même si, au fond de vous, vous le savez pertinemment, il n'en reste pas moins que cela vous bloque.

Conseils : c'est dans votre tête…

Allez-y par étapes pour intégrer que bébé ne se rend compte de rien.

La première consiste à avoir des rapports sexuels dans une autre pièce et quand il dort. Comme cela, s'il se réveille, vous vous sentirez moins mal à l'aise. Ensuite, quand vous aurez pris conscience qu'il ne se doute de rien, vous pourrez en avoir quand il est tranquillement dans son parc ou dans son lit, réveillé mais calme. Cela peut vous paraître impensable, mais je vous assure que c'est tout à fait faisable quand on a une envie soudaine !

La sexualité des papas

Ne vous méprenez pas : une naissance a aussi des répercussions sur la sexualité des jeunes pères. Il est vrai qu'on a tendance à penser qu'ils ne seront pas affectés, mais c'est faux car eux aussi vont avoir des peurs qui peuvent parfois entraîner des troubles sexuels.

Le passage d'homme à père engendre des remaniements dans leur façon de voir les choses. Il faut non seulement qu'ils négocient ce passage, mais aussi le vôtre, car le nouveau rôle maternel de leur femme peut les déstabiliser. Ainsi, ils se retrouvent à gérer quasiment les mêmes choses que vous : l'organisation, la fatigue, les nouvelles responsabilités, les angoisses, les doutes, et surtout essayer de vous soutenir et vous comprendre tant bien que mal…

Vous pensez qu'ils ont toujours envie de sexe et qu'ils n'ont aucune crainte car rien n'a changé pour eux ? Eh bien, vous allez voir que ce n'est pas le cas.

Certes, les hommes ont souvent plus de libido que les femmes, mais attention, nous sommes dans une période bien particulière de l'après-naissance. Les changements psychologiques et de statuts qu'elle induit font que leur envie va être perturbée. Au tout début, ils sont comme vous, fatigués et centrés sur le bébé : la sexualité est donc reléguée au second plan. Vous allez me dire : « Tant mieux, je suis tranquille ! » Puis deux scénarios sont possibles : l'envie revient assez vite, ou elle ne revient pas.

Il ne pense qu'à ça… ou pas !

Le cas le plus fréquent est celui où l'envie de votre compagnon revient plus rapidement que la vôtre. Et c'est assez normal car son corps n'a pas subi les désagréments de la grossesse et du post-partum. En plus, vos formes sont assez excitantes pour lui, contrairement à ce que vous en pensez. Il est donc logique qu'une fois la fatigue des premiers temps passée, il vous sollicite. Et là, il adopte deux types d'approches : celle où vous le voyez venir avec ses gros sabots, et celle plus subtile mais tout aussi pesante pour vous car votre libido n'est pas encore revenue.

Au début, tout se passe relativement bien car il comprend que ce n'est pas le moment. Mais après un certain temps, vous le sentez irrité, nerveux, frustré et vous avez l'impression qu'il vous en veut. Vous n'arrivez pas à vous comprendre : vous pensez qu'il ne pense qu'au sexe, et il pense que vous pourriez faire un effort. Les tensions pointent alors le bout de leur nez… Tensions qui, si elles ne sont pas désamorcées rapidement, peuvent prendre des proportions qui dépassent la simple question sexuelle.

Conseils : discussion, compréhension… masturbation !

Il va falloir recentrer les tensions sur leurs origines, à savoir l'inadéquation entre votre envie et la sienne. Pour cela, la communication est essentielle pour que chacun puisse parler de ses ressentis, de manière calme et posée.

Par exemple, dès que vous sentez que votre homme ne vit pas bien cette situation, n'attendez pas qu'il vous le dise ou que des disputes apparaissent : prenez les devants en lui montrant que vous comprenez sa frustration et expliquez-lui comment vous vivez cette période (fatigue, mal dans votre corps, perte de confiance en vous…) en lui disant que vous n'êtes pas encore prête à reprendre une vie intime. Si vous posez bien les choses, il y a fort à parier qu'il comprendra, à partir du moment où il y a une compensation.

Eh oui, vous ne pensiez pas vous en sortir comme ça, juste en parlant ! C'est du donnant, donnant : il vous comprend, donc faites un pas vers lui. Je m'explique : soyez plus attentive à lui avec des mots doux, des câlins plus fréquents, des moments de « cocooning » à deux… Cela ne diminuera peut-être pas son envie de vous, mais tout du moins, il s'apercevra que vous faites des efforts pour revenir vers lui.

Une dernière chose : la masturbation est un très bon moyen de diminuer la tension sexuelle, alors laissez-le la pratiquer et, surtout, ne culpabilisez pas de cela.

Elle ne doit pas être un sujet de discorde entre vous, bien au contraire.

Ces peurs qui diminuent la libido

C'est le second scénario : celui où l'envie des jeunes pères ne revient pas. Nous sommes alors dans un schéma complètement différent où les peurs prédominent et bloquent l'accès à une vie intime à deux. Elles peuvent être conscientes ou inconscientes, mais le résultat est le même : vous ne ressentez plus le désir qu'ils avaient pour vous. Ils sont fuyants, évitent les rapprochements, ne vous regardent plus comme avant, ce qui va provoquer en vous de nombreuses questions. Essayons alors de comprendre ce qui se passe dans leur tête pour qu'ils en arrivent à appréhender les rapports sexuels.

Une première explication est d'ordre psychologique : de manière inconsciente, ils vont vous assimiler à leur mère, puisque vous venez d'en devenir une. Or, on ne couche pas avec sa mère... Par conséquent, ils trouveront plein de subterfuges pour éviter les rapprochements trop intimes. Comme c'est un mécanisme inconscient, par définition, ils ne s'en rendent pas compte car, souvent, ils restent très câlins avec vous.

La seconde explication, quant à elle, est plus rationnelle : il s'agit non seulement de la peur de votre corps qui peut leur paraître inconnu, mais aussi de celle de vous faire mal lors des pénétrations, ou de mal s'y prendre.

Et si on y ajoute la peur d'une grossesse accidentelle, pas étonnant qu'il y ait des blocages.

Ils peuvent alors développer d'autres troubles sexuels qu'une simple perte de libido : on observe très souvent des troubles de l'érection (à titre de perte) et parfois une absence d'éjaculation et/ou d'orgasme. Mais même en l'absence de ces signes, il va falloir rapidement enrayer leurs angoisses.

Conseils : à vous de les guider

Si vous remarquez que la libido de votre homme ne revient pas alors que vous lui faites comprendre que vous avez envie, essayez d'analyser pourquoi. Pour cela, soyez attentive à ses comportements : est-il fuyant ? Vous compare-t-il souvent à sa mère ? Vous parle-t-il de votre corps avec des pointes d'angoisse ?

Si vous n'arrivez pas à répondre à ces questions, parlez-en-lui (doucement bien évidemment et de manière délicate), en lui faisant remarquer que vous avez bien perçu que quelque chose n'allait pas. Prenez des exemples pour aborder la question, surtout en ce qui concerne l'assimilation entre vous et sa mère. Expliquez-lui que vous avez lu ça quelque part… Pour ce qui est de la peur de la pénétration, il en parlera assez librement.

Vous avez déjà fait une grande partie du chemin car vous avez identifié ses angoisses. Maintenant, il va falloir trouver des solutions. Rappelez-vous : pour un souci de perte de libido, il faut passer par le sensuel.

Eh bien, pour ses autres peurs, vous allez faire la même chose.

Pour cela, il doit, dans un premier temps, se réapproprier votre corps en le caressant, ce qui permettra, d'une part, qu'il ne fasse pas l'amalgame entre vous et sa mère et, d'autre part, l'exploration de ce nouveau corps diminuera ses hésitations. Quand vous le sentirez prêt, passez aux préliminaires doux et longs : le fait qu'il vous donne du plaisir à ce moment-là lui rendra sa confiance en lui. Puis vous pourrez passer progressivement aux pénétrations, en le guidant et le rassurant. Si malgré ces exercices rien ne change, il sera alors temps de consulter un sexologue.

Guide pratique pour recréer une intimité à deux

Je vous propose, pour finir, ce petit guide avec plusieurs étapes, afin que vous puissiez retrouver une vie intime épanouissante. C'est en quelque sorte un récapitulatif de tout ce que je vous ai transmis sous forme de conseils et d'exercices.

Ces étapes sont à respecter si vous rencontrez des difficultés à la reprise des rapports sexuels. Rien ne sert d'aller plus vite que la musique, vous avez le temps ! Comme toujours, je ne déroge pas à ma règle : vous n'aurez pas d'indication de temps, c'est vous qui décidez de votre propre rythme.

Étape 1 : la complicité

Intimité à deux ne rime pas avec sexualité, en tout cas pas tout de suite ! Et pourtant… Beaucoup de jeunes mamans appréhendent une certaine intimité, comme des câlins ou le simple fait de s'embrasser, car elles pensent qu'il y a un risque de basculer vers un rapport sexuel. De ce fait, elles évitent ces rapprochements : complicité ne rime plus avec intimité.

Or, après une naissance, il est primordial de maintenir dès le début ces deux choses dans le couple pour éviter qu'il ne s'éloigne trop. Facile à dire, me répondrez-vous, mais heureusement, il existe des petites astuces très simples à mettre en place dans cette première étape d'une intimité retrouvée.

Tout d'abord, il va falloir renouer avec la complicité que vous aviez avant l'arrivée de bébé. Rappelez-vous ces moments à deux où vous rigoliez, passiez du bon temps, parliez de tout et de rien… Certes, la fatigue est omniprésente, mais elle ne doit pas être une entrave. Prenons un exemple pour mieux comprendre (un peu caricatural et pourtant si fréquent) : une jeune maman est si fatiguée qu'elle ne demande presque plus comment s'est passée la journée de son homme et n'attend qu'une chose, qu'il prenne le relais pour qu'elle puisse enfin se reposer. Quand il est présent le week-end, la répartition des tâches est tellement bien faite que le couple se croise et n'arrive plus à profiter des moments à deux.

Finalement, nous sommes face à des parents et non plus à un couple de parents : la problématique est posée. En faisant un parallèle, on pourrait dire qu'il faut travailler en équipe, mais ne pas oublier la cohésion de celle-ci. Cette cohésion va alors passer par la complicité.

Conseils : communiquez mieux !

La première chose à faire est de rétablir une autre forme de communication. Depuis la naissance, elle est essentiellement d'ordre logistique et organisationnel : faites-la évoluer en y intégrant votre couple. Nous sommes ici uniquement dans le verbal, vous ne risquez donc rien ! Le but est de valoriser l'autre, lui faire comprendre qu'il est indispensable, qu'on se soucie de lui, et cela va dans les deux sens bien évidemment.

Souvent, les jeunes papas sont plus attentifs et plus à l'écoute, mais quand ils s'aperçoivent que la réciproque n'est pas forcément présente, il est logique qu'ils parlent moins et que vous les sentiez plus distants. Attention, je ne dis pas que tout est de votre faute : il s'agit d'une constatation générale, car parfois, ce sont eux qui vous « zappent ».

Dans les deux cas, les solutions sont les mêmes, donc pas de panique ni de culpabilité. Si déjà vous prenez conscience que la complicité verbale n'est plus au rendez-vous, vous avez fait un grand pas : il ne reste plus qu'à la rétablir.

Pour cela, dès que votre homme rentre ou que vous êtes tous les deux, le soir par exemple, racontez-vous vos journées respectives et surtout écoutez-vous ! Être à l'écoute signifie poser des questions, conseiller, valoriser…

Prendre ce temps est indispensable pour se montrer que l'on tient l'un à l'autre, alors ne le négligez pas. Se poser et discuter n'est pas une perte de temps, c'est un des ciments du couple. Mais quand bébé est là, il est souvent difficile de le faire et les discussions tournent autour de lui. Or, votre couple était là avant, il ne faut pas l'oublier. Vous pouvez, par exemple, parler de vos amis, de ce que vous avez entendu ou vu, faire des projets de sorties… Tout ce qui peut vous rapprocher est le bienvenu puisque le but est de vous recentrer sur vous deux.

De même, pendant la journée, quand vous n'êtes pas ensemble, en dehors des messages purement logistiques (« N'oublie pas le pain », « Ramène du lait »), restez connectée à lui avec d'autres, plus personnels (« Bon courage pour ta journée », « Je pense à toi »…). Il n'est pas question d'envoyer des tonnes de SMS : ce qui compte c'est la qualité et la régularité.

Ces petites marques d'attention en amèneront d'autres et faciliteront une meilleure communication quand vous êtes de nouveau à deux. En effet, on a plus envie d'aller vers l'autre, de lui dire des mots doux ou de faire des surprises quand on sait que l'on compte et que l'on pense à nous.

« Complicité » rime avec « communiquez »

La complicité verbale est ainsi le premier socle d'une intimité retrouvée, il ne faut donc pas la négliger. Il est très fréquent qu'elle soit moins présente après la naissance d'un bébé, car la fatigue et la logistique prennent le dessus sur tout le reste. L'essentiel est alors de s'en rendre compte afin de réagir au plus vite, pour ne pas que votre couple s'éloigne. De ce fait, si elle s'est effritée, ravivez-la en gardant à l'esprit ces trois choses : écoutez-vous, valorisez-vous et montrez-vous que vous comptez l'un pour l'autre.

Au début est le couple, ne l'oubliez jamais : vous formez une équipe qui doit avoir confiance en elle. Pour cela, il faut se rassurer mutuellement afin de pouvoir passer à l'étape suivante.

Étape 2 : la sensualité

Vous avez retrouvé votre complicité verbale, vous vous sentez rassurée. Il est alors temps de passer au second socle de l'intimité : on va maintenant axer la complicité sur la sensualité. Mais attention, souvenez-vous ! Pour accéder à la sensualité en couple, il faut au préalable que vous l'ayez travaillée seule avec entre autres les exercices sur vos sens, sur l'image de soi (prendre soin de vous passe aussi par vos vêtements, votre coiffure, votre maquillage, bref, vous sentir belle et bien dans votre corps !), sur la réappropriation de vos organes génitaux (rééducation du périnée) et de votre corps de manière générale (gommage, crème, massage, alimentation équilibrée…). Toutes ces choses pour que vous sachiez et que vous acceptiez quelle femme vous êtes maintenant, comment vous mettre en valeur et trouver ce qui vous correspond le mieux.

Par conséquent, vous pourrez réellement passer à l'étape 2 quand la précédente sera finie, et quand vous aurez retrouvé une certaine sensualité toute seule. En effet, retrouver la sensualité en couple nécessite la redécouverte du corps de l'autre : vous ne pouvez donc pas le faire si vous n'êtes pas un minimum à l'aise avec votre propre corps et ses nouvelles sensations.

Pour pouvoir pleinement profiter de cette étape essentielle, il faut mettre de côté la sexualité en tant que telle, c'est-à-dire ne pas toucher aux zones sexuelles. C'est une condition *sine qua non* à sa totale réussite, car l'exploration sensuelle et non sexuelle du corps de l'autre permet de reprendre confiance en soi, sans se mettre de pression sur l'acte sexuel.

En quelque sorte, vous devez passer un accord entre vous : vous verrez, ça n'en sera que plus excitant et surtout moins angoissant pour vous puisque le sexe est interdit !

Conseils : comme au début d'un couple…

Pour que ce soit bien clair, vous allez devoir faire un parallèle avec les premiers temps/phases classiques de la vie d'un couple. Il y a la rencontre, les discussions (ou vice versa), le premier baiser et les suivants, les câlins, les caresses sensuelles puis sexuelles, et enfin le rapport sexuel.

Vous avez déjà effectué l'étape de la complicité qui passe par les discussions centrées sur soi, l'autre et le couple. Vous allez maintenant pouvoir passer à l'étape plus charnelle des baisers. Normalement, si tout se passe bien, vous devriez avoir repris les bisous et/ou les baisers grâce à la communication. Si ce n'est pas le cas, ce n'est pas grave, vous allez travailler sur les câlins qui, eux, aboutiront aux baisers.

Entre câlins et caresses sensuelles…

Afin de vous aider au mieux, je vous propose de suivre ces quelques conseils qui vont se dérouler en deux phases : celle des câlins et ensuite celle des caresses sensuelles. Tout un programme !

Durant la première phase, vous allez vous faire des câlins. Définissons ce que j'appelle « câlin » : c'est le fait de se prendre dans les bras, de s'enlacer devant un film dans le canapé, de sentir le corps de l'autre, son odeur, jouer avec ses mains dans les vôtres… Il est donc inutile d'être nus, ils peuvent se faire debout comme allongés. Essayez d'en faire au moins un par jour pour commencer, et augmentez en fonction de vos envies et de vos disponibilités. Vous verrez que, très vite, les baisers seront au rendez-vous de ces moments partagés.

Puis, quand vous serez bien à l'aise et que vous aurez envie de plus, vous passerez à la seconde phase. Mais souvenez-vous ! Les zones sexuelles sont interdites : au moment des câlins, vous allez maintenant pouvoir pleinement profiter de ce moment à deux dans un partage sensuel. C'est-à-dire que vous pouvez vous caresser mutuellement en explorant vos corps, en vous parlant et en vous embrassant. Pour ce faire, n'hésitez pas à faire fonctionner votre imagination afin de créer un environnement propice qui vous rend la plus détendue possible. Par exemple, une ambiance romantique avec des bougies parfumées, une belle musique, un bon verre, des habits agréables, des huiles de massage… Tout est possible ! Si vous êtes encore un peu timide, faites-le sous forme de jeux : posez-vous des questions, lancez-vous des défis, donnez-vous des gages, déguisez-vous. Bref, amusez-vous !

Ainsi, les caresses sensuelles sont les prémices de l'acte sexuel : c'est grâce à elles que votre désir sera ravivé et que vous aurez envie d'aller plus loin. Tant qu'elles vous contentent en vous donnant du plaisir (sensuel), n'en faites pas plus. Laissez le manque s'installer pour que votre corps et votre tête reprennent confiance, en demandent plus et vous donnent accès à l'envie sexuelle. C'est uniquement quand vous la ressentirez que vous pourrez passer à la dernière étape.

Étape 3 : la sexualité

Vous voilà arrivés à la reprise de votre vie intime à deux puisque vous avez passé les deux premières étapes avec brio. Cependant, celle-ci va être la plus difficile à cause de toutes les peurs qu'elle engendre, surtout au niveau de la pénétration. Nous les avons vues, vous les avez identifiées et comprises, mais il reste tout de même une certaine appréhension. C'est normal car il existe un gouffre énorme entre la théorie et la pratique.

Quand on parle de reprise de la sexualité après une naissance, il faut garder à l'esprit qu'elle peut se faire par deux moyens : en couple ou seule, en sachant que la finalité est bien la reprise d'une vie intime à deux. Comme chaque femme est différente, les deux méthodes vont être abordées : prenez celle qui vous convient le mieux.

Commençons par la première, qui consiste à se masturber afin de reprendre confiance dans son corps, de manière solitaire grâce à des caresses. Vous pouvez reprendre les conseils de mon petit guide pratique de masturbation *(voir p. 42)*, car ils sont très adaptés en post-partum. Cette méthode est intéressante dans le sens où vous n'avez pas de pression ni d'angoisse face à la stimulation du clitoris et aux éventuelles pénétrations, puisque c'est vous qui maîtrisez.

La seconde consiste à reprendre les rapports sexuels avec votre partenaire, sans passer par la case masturbation. C'est souvent celle qui est la plus utilisée par les jeunes mamans car elles souhaitent retrouver un vrai partage dans leur sexualité. Cependant, c'est aussi la plus angoissante puisqu'elles ne maîtrisent pas : sans compter sur les papas qui eux aussi peuvent avoir des appréhensions quant au fait de faire mal ou de mal s'y prendre.

Conseils : l'excitation à l'honneur

Dans les deux cas, la reprise de la vie intime doit se faire à partir du moment où vous vous sentez prête, on en a déjà parlé : donc pas de panique sur la date. Choisissez un moment calme où bébé dort, où vous n'êtes pas trop fatiguée : peu importe l'endroit, il faut juste que vous vous y sentiez bien.

Si vous optez pour la masturbation, le plus pratique est d'utiliser un vibromasseur, mais vous pouvez aussi le faire avec vos mains pour stimuler le clitoris. N'oubliez pas le lubrifiant ! En ce qui concerne la pénétration, allez-y doucement et progressivement quand vous êtes bien excitée, en gardant bien en tête votre support d'excitation et en continuant à stimuler le clitoris. Vous choisissez la profondeur de pénétration ainsi que les mouvements de va-et-vient, en restant centrée sur votre plaisir et non sur la réussite. Vous verrez qu'en le faisant régulièrement, les résultats seront là et vous permettront de reprendre les rapports sexuels avec votre partenaire de manière sereine.

Masturbation ou pas, au moment de la reprise des rapports à deux, les préliminaires devront être mis à l'honneur afin de monter et de maintenir votre excitation. N'hésitez pas à vous aider avec un support, un sextoy, des jeux érotiques… Les caresses sexuelles doivent être douces et adaptées : c'est donc à vous de guider votre partenaire car n'oubliez pas qu'il peut lui aussi être perdu. Si au début elles n'aboutissent pas à une pénétration, rien de grave ! Le but est le partage du plaisir, la reconnexion sexuelle, réapprivoisez son excitation. Donc tous les moyens sont bons pour y parvenir.

La pénétration doit se faire de manière naturelle quand vous y êtes prête : à vous de le faire comprendre à votre partenaire et là aussi de le guider dans ses mouvements et sa profondeur de pénétration. Toutes les positions sont possibles, cependant, celle où vous êtes au-dessus est intéressante car c'est vous qui maîtrisez. Pour une reprise, elle est idéale : elle vous permet de reprendre confiance en vous et en votre corps, et vous permet de frotter les pubis entre eux. Car la stimulation du clitoris étant importante en pénétration, c'est beaucoup plus simple dans cette position.

Généralement, il n'y a aucun souci avec les préliminaires. Mais je suis obligée de vous parler de certains cas où tout ne se passe pas comme prévu. Vous le savez, vous devez avoir envie et être suffisamment excitée grâce aux préliminaires pour pouvoir être pénétrée sans désagrément. Si, malgré tout, vous ressentez une gêne ou une petite douleur, inutile de s'obstiner à continuer : arrêtez la pénétration et finissez le rapport sexuel avec des caresses. Le but est d'avoir du plaisir et de le partager, peu importe comment. Ensuite, vous essaierez d'identifier ce qui s'est passé afin que cela ne se reproduise pas. Les causes d'une gêne sont multiples : un manque de lubrification, d'excitation, d'envie, une position inconfortable, le sentiment que c'est allé trop vite… Ne le prenez pas comme un échec, mais plus comme une nouvelle connaissance qui vous permettra de mieux vous comprendre.

La reprise des rapports sexuels se fait quand vous êtes prête, en privilégiant les préliminaires : les pénétrations viendront d'elles-mêmes si l'excitation est au rendez-vous. Dans les premiers temps, utilisez toujours du lubrifiant. Gardez à l'esprit que le plaisir est au centre de cette reconnexion.

En cas de gêne lors d'une pénétration : retirez le pénis de votre vagin doucement, repassez en caresses sexuelles réciproques et allez jusqu'à l'orgasme. Vous essaierez la pénétration lors d'un autre rapport sexuel. L'essentiel est le partage et non la performance.

Conclusion

J'espère que ce livre vous aura apporté des informations concrètes pour une meilleure connaissance de votre sexualité en général, et celle du post-partum en particulier. Car il n'est jamais facile de donner des conseils généraux sur un tel sujet, tant chaque individu est singulier, avec sa propre histoire et ses propres ressentis.

Cependant, je pense sincèrement qu'en tant que professionnels nous devons tout faire pour aider au mieux les couples que nous suivons dans leur cheminement à devenir parents. Cela passe par des informations claires et compréhensibles données à chacun d'eux, pour qu'ils puissent négocier au mieux les bouleversements engendrés par la naissance de leur enfant. Nous avons tous un rôle à jouer : sages-femmes, obstétriciens, pédiatres, médecins généralistes, psychologues cliniciens, thérapeutes de couple, sexologues… En fonction de votre problématique, vous aurez toujours un référent à qui en parler et qui pourra vous apporter des solutions : osez poser vos questions !

Bien qu'en matière de sexualité, ce soit plus compliqué : honte et tabou sont encore au rendez-vous.

Alors, forte de mes expériences de sage-femme puis de psychologue clinicienne et de sexologue, il me tenait à cœur de vous les faire partager afin qu'elles ne restent pas dans le secret de mon cabinet de consultation. C'est pourquoi il me semblait important que vous ayez déjà un certain nombre de connaissances avec ce livre, qui vous permettront dans un premier temps de débroussailler les choses.

Si je devais le résumer en quelques lignes, je vous dirais que la reprise de la vie intime après une naissance doit se faire tout en douceur, en respectant certaines étapes, et, surtout, à votre rythme. Car devenir mère n'est pas facile, c'est une construction au fil du temps. Pour renouer avec la femme qui se cache derrière, le chemin est parfois long, semé d'embûches, mais tout à fait réalisable avec quelques conseils et astuces.

Je terminerai en vous rappelant qu'à un moment donné, maternité va rimer avec féminité, qui elle-même rimera ensuite avec sexualité ! Une mère épanouie est aussi une femme épanouie et un de ces épanouissements passe par le plaisir sexuel. Alors, à vous de jouer !

Table des exercices

Tables des focus

Table des matières

Partie 2 – La sexualité est-elle enceinte elle aussi ?

Partie 3 – Que le jeu de rôle commence… Mère et femme tout à la fois !

Composition et mise en pages
Nord Compo à Villeneuve-d'Ascq

PAPIER À BASE DE
FIBRES CERTIFIÉES

LAROUSSE s'engage pour
l'environnement en réduisant
l'empreinte carbone de ses livres.
Celle de cet exemplaire est de :
550 g éq. CO_2
Rendez-vous sur
www.larousse-durable.fr

Achevé d'imprimer en Espagne
par Rodesa
Dépôt légal : avril 2022
327310/01 – 11045688 – février 2022